La Piratessa -Ca

"Libertalia" - I pirati sono nobili! L'altra parte della storia: le verità nascoste & il Pirata Codex

Youcanprint *Self - Publishing*

Titolo | "Libertalia" - I pirati sono nobili! L'altra parte
della storia: le verità nascoste & il Pirata Codex
Autore | La Piratessa -Capitan Tempesta-
ISBN | 978-88-92667-74-7

Youcanprint Self-Publishing
Via Roma, 73 - 73039 Tricase (LE) - Italy
www.youcanprint.it
info@youcanprint.it
Facebook: facebook.com/youcanprint.it
Twitter: twitter.com/youcanprintit

INDICE & CONTENUTO

"Biografia"

La Piratessa - Capitan Tempesta

Inizia a scrivere per se stessa come sfogo dovuto al suo personale vissuto. Dal passato tormentato: un'educazione rigida, nessun punto d'incontro con la madre, un padre mai conosciuto, un patrigno burrascoso, altre storie di violenze, poi l'incontro con il vero amore ed anche qui una rottura dopo 5 anni; poi di nuovo punti ombra, momenti oscuri; illusioni, trappole ed inganni da parte delle persone per quell'animo da bambino puro, gioioso, semplice che ha conservato. Il tempo, il dolore, la sofferenza e la solitudine l'hanno forgiata.

Uno spirito selvaggio, libero; Una sopravvissuta; Capitano di sè stessa. Irruenta, mutevole e tempestosa come il mare da lei amato che considera la sua casa. Una forte acquaticità, un richiamo naturale, intrinseco, che fa parte di lei. Una delle sue tante caratteristiche: il mare che le scorre nelle vene, come anche i cavalli del resto (emblema di ciò che c'è di più libero nobile e selvaggio) ed entrambi la caratterizzano...

Essenza libera ed anticonformista. Ama il vento in faccia, l'odore del salmastro sulla pelle, i profumi del mare. Ama vivere alla giornata senza pianificare niente. Solitaria e indipendente. Vive la sua quotidianità circondata dalla natura e dagli animali con i quali è strettamente in comunicazione; collegata come con un cordone ombelicale, considerati i suoi fratelli e la sua famiglia, grazie ai quali ha trovato rifugio e protezione. Ha conseguito il diploma di liceo linguistico. Parla e scrive correttamente in tre lingue straniere.

Vive di sport, di natura, di fotografia e di viaggi. L' acqua e l' aria sono i suoi elementi. Appassionata di teatro, di recitazione e di maschere veneziane, di cui possiede una collezione. Ama la lettura di libri classici, in particolare gli autori da lei preferiti sono: Baudelaire, William Blake, Oscar Wilde, Lord Byron, Worsworth & Coleridge, Virginia Wolf, Emily Dickinson, Heminghway, Pascoli, Leopardi e Alda Merini. Ha lavorato come receptionist a tempo pieno per 9 anni per potersi mantenere le sue passioni e, quando le capita, come istruttrice equestre, che vorrebbe divenisse completamente la sua professione e la sua vita.

Attualmente fotomodella/attrice/Performer "freelance" (desiderosa di essere notata e valorizzata, perfettamente a suo agio davanti l'obiettivo);

Artista per se stessa. Poeta contemporaneo e scrittrice.

Inoltre crea bigiotteria in stile marino autentico, ultilizzando svariate conchiglie raccolte in mare di diverse tipologie e colori; ed in stile pirata.

Si è messa in gioco decidendo un giorno di provare a pubblicare qualche scritto, ma solo per soddisfazione personale; cosciente di essere agli albori come scrittura e per niente professionista.

Semplice nel suo spirito da bambina conservato e rivoluzionaria, squarcia le regole letterarie, ma se non fosse così non rispecchierebbe la sua natura; spettinata con quei capelli mossi come le onde del mare e con il caos nell'anima.

Autrice di "Storia di una giovane Amazzone – il Binomio tra cavallo e cavaliere" in cui racconta in narrazione ed illustra in fotografia la sua personale storia come giovane amazzone e proprietaria del suo primo cavallo, al fine di sensibilizzare i nuovi cavalieri e riscattare in particolare l'immagine del purosangue come scarto di pista; donare coraggio e forza, grinta, perseveranza, pazienza e determinazione per raggiungere i propri traguardi personali.

Amazzone da tutta una vita, un richiamo naturale fin da quando era ancora in fasce, ma ottiene il permesso di frequentare una scuola d'equitazione a soli 10 anni e mezzo, specializzandosi nel salto ostacoli e nei tornei medievali.

Collezionista di armi provenienti dall' età medievale e affascinata dall'epoca della pirateria da cui ha reali discendenze. Vuole dare voce alla parte della storia nobile sulla Pirateria come molti non la conoscono.

Autrice di questa opera narrativa sulla Pirateria:

"Libertalia. I Pirati sono Nobili" - L'altra parte della storia: le verità nascosta ed il Pirata Codex"

Autrice di una prima raccolta di poesie "Gocce di memoria" in cui si nota quell'età adolescenziale ancora pura, sognatrice ed ingenua che andando avanti si scontra con la meschinità, la violenza e la cattiveria dell' età adulta, ma non perde mai la speranza.

Autrice di una raccolta narrativa esposta in maniera epistolare come una sorta di diario di bordo contenente personali vicissitudini quotidiane, riflessioni ed osservazioni intitolata **" Dedicato a Lord Axel - Frammenti di un pensiero in lettera".**

Autrice di un romanzo d'amore autobiografico intitolato "Ho conosciuto il vero amore - Back on the Road - Sogno di un tempo che fu ".

Autrice di una seconda raccolta di poesie (appena autopubblicata): nuove, sempre autobiografiche, ancor più mature e ancor più oscure e catartiche, ma con note di una forte sensibilità ed eleganza, intitolata " **Il frastuono della mia mente"**.

Trovate la sua "vetrina autore" con tutti i suoi lavori cartacei ed in versione e-book in vendita online su lulu.com e potete visionare la sua pagina di scrittrice tramite il seguente link: http://m.facebook.com/88DeborahCorrado/

 Scrive per esorcizzare tutto il male ed il dolore provato e le emozioni sentite, come una sorta di incantesimo che intrappola ogni fardello ed ogni fantasma in pezzi di pagine bianche.

Inoltre scrive per non dimenticare, per lasciare un messaggio, per tramandare ciò che ha appreso, per trasmettere emozioni e sensibilizzare gli animi.

Lei si innamora delle Anime Nobili e delle menti profonde. Delle persone vere ed autentiche; quelle un pò ammaccate nell'anima, con il cuore rammendato: i liberi, i sopravvissuti, i sensibili, i sognatori, gli artisti!

* * *

Qui di seguito viene riportata la descrizione della Pirateria nei cenni storici e nella sua derivazione, così come, sicuramente, la maggior parte di voi la conosce ed ha appreso da voci o studi, oppure sui libri di scuola. Andiamo a ripassare il tutto dall'antichità al medioevo, dalla pirateria contemporanea a quella moderna; con le sue principali differenze e caratteristiche:

La pirateria è l'attività illegale di quei marinai, denominati pirati, che, abbandonando per scelta o per costrizione la precedente vita sui mercantili, abbordano, depredano o affondano le altre navi in alto mare, nei porti, sui fiumi e nelle insenature.
Il sostantivo deriva dal latino 'pirata, piratae', che ha un suo **corrispettivo nel greco** "πειρατής" (peiratès), dal verbo "πειράομαι" (peiráomai) che significa "fare un tentativo, provare un assalto".
Le aree considerate ad alto rischio perché interessate dalla presenza di pirati sono cambiate nel corso della storia. Tra queste, il **Mare Caraibico**, la zona dello **stretto di Gibilterra**, il **Madagascar**, il **Mar Rosso**, il **Golfo Persico**, la **costa indiana di Malabar** e tutta l'**area tra le Filippine, Malesia e Indonesia**, dove spadroneggiavano i pirati filippini.
Il **Mar Cinese Meridionale** ospitava all'inizio del XIX secolo la **più numerosa comunità di pirati**, si stima circa 40.000, nonché la più temuta per le atrocità di cui si rendevano responsabili.

Il fenomeno della pirateria è antichissimo. Vi sono esempi di pirati nel mondo antico con gli Shardana o classico tra i Greci e i Romani, quando ad esempio gli Etruschi erano conosciuti con l'epiteto greco Thyrrenoi, (da cui poi deriva Mar Tirreno) e avevano la fama di pirati efferati; all'inizio del primo secolo a.c. il giovane Gaio Giulio Cesare fu preso prigioniero da pirati che veleggiavano nelle acque intorno all'isola di Rodi, con grandi flotte di navi enormi, secondo un famoso aneddoto riferito da autori come Svetonio (nelle Vite dei Cesari, libro I) e Plutarco (nelle Vite parallele). Gneo Pompeo Magno condusse una vera e propria guerra contro i pirati, con il sostegno del Senato romano. I pirati erano, quasi sempre, giustiziati pubblicamente.

Antichità

Man mano che le città-stato della Grecia crebbero in potenza, attrezzarono delle navi scorta per difendersi dalle azioni di pirateria. Fra esse **Rodi**, che secondo Strabone nell'VIII sec. a. C. si assunse compiti di "polizia del mare" navigando fino in Adriatico «per la salvezza delle genti».

A sua volta **Atene**, la maggior potenza navale ellenica, dovette spesso occuparsi di proteggere i suoi traffici dai pirati. Nel cosiddetto "decreto Tod 200" (325/24 a.C) si progettò addirittura la fondazione di una nuova base navale perché «vi sia protezione dai Tirreni», cioè gli Etruschi della Val Padana che controllavano l'alto Adriatico e da lì partivano per le loro scorrerie.

Il **Mar Mediterraneo** vide sorgere e consolidarsi alcune fra le più antiche civiltà del mondo ma, nello stesso tempo, le sue acque erano percorse anche da predoni del mare. L'Egeo, un golfo orientale del Mediterraneo e culla della civiltà greca, era un luogo ideale per i pirati, che si nascondevano con facilità tra le migliaia di isole e insenature, dalle quali potevano avvistare e depredare le navi mercantili di passaggio. Le azioni di pirateria erano inoltre rese difficoltose dal fatto che le navi mercantili navigavano vicino alla costa e non si avventuravano mai in mare aperto. L'attesa dei pirati, su una rotta battuta da navi cariche di mercanzie, era sempre ricompensata da un bottino favoloso. I pirati attaccavano spesso anche i villaggi e ne catturavano gli abitanti per chiedere un riscatto o per rivenderli come schiavi.

Questa la descrizione che ne fa lo storico Cassio Dione Cocceiano al tempo della guerra piratica di Pompeo del 67 a.C.:

« I pirati non navigavano più a piccoli gruppi, ma in grosse schiere, e avevano i loro comandanti, che accrebbero la loro fama [per le imprese]. Depredavano e saccheggiavano prima di tutto coloro che navigavano, non lasciandoli in pace neppure d'inverno [...]; poi anche coloro che stavano nei porti. E se uno osava sfidarli in mare aperto, di solito era vinto e distrutto. Se poi riusciva a batterli, non era in grado di catturarli, a causa della velocità delle loro navi. Così i pirati tornavano subito indietro a saccheggiare e bruciare non solo villaggi e fattorie, ma intere città, mentre altre le rendevano alleate, tanto da svernarvi e creare basi per nuove operazioni, come si trattasse di un paese amico. »
(Cassio Dione Cocceiano, Storia romana, XXXVI, 21.1-3.)

Medioevo

Nel medioevo pirati europei furono per esempio: **Maio "Matteo - Madio" Di Monopoli**, 1260 (pirata italiano medievale che navigava **nel Mediterraneo preferibilmente tra Puglia e Grecia**), **Ruggero da Fiore, Andrea Morisco, Awilda, il Duca Barnim VI di Pomerania, Gottfried Michaelsen, i Vitalienbrüder, Hennig Wichmann, Cord Widderich, Mastro Wigbold e**

Klaus Störtebeker pirata germano nato nel 1360 a Wismar e morto nel 1401 ad Amburgo, terrore del mar baltico.

Nell'Alto Medioevo sono note le attività piratesche di vichinghi e danesi, nel Basso Medioevo quelle dei Saraceni.

Assieme a questi si aggiungono anche i **corsari di Malta.**

I pirati più conosciuti nel Medioevo furono i Vichinghi, che dalla Scandinavia attaccarono e depredarono principalmente tra l'VIII e il XII secolo. Saccheggiarono le coste e gli entroterra di tutta l'Europa occidentale e successivamente le coste del Nord Africa e dell'Italia. La mancanza di poteri centralizzati in tutta Europa nel Medioevo favorì la pirateria in tutto il continente.

I Vichinghi

Vichinghi imbarcati in una miniatura del XII secolo
Navigatori esperti, i guerrieri norreni originari della Scandinavia e della Danimarca pianificavano i loro attacchi in anticipo e di solito riuscivano a sorprendere le loro prede grazie alla velocità e alla mobilità, elementi chiave delle incursioni norvegesi che le rendeva difficili da prevenire.

Il primo attacco registrato da parte dei vichinghi si ha nel 793, testimoniato da Simone di Durham. Esso racconta del saccheggio della chiesa di Lindisfarne, dove sono stati rubati tutti i tesori.[2] Incursioni di questo tipo erano comuni fra i norvegesi. Questi pirati erano provvisti di grandi navi che usavano per scontri in mare oltre che per saccheggiare le città e i monasteri. Tra i tesori più ricercati vi erano le copertine dei codici miniati, crocifissi d'oro e calici d'argento. I monasteri erano preferiti ad altri obbiettivi a causa della loro lontananza dalle città, la vicinanza all'acqua e la non presenza di eserciti o guardie. Potevano essere fatti prigionieri più facilmente.

Nel 795 i pirati nordici fecero irruzione per la prima volta a Iona[3], un'isola al largo della Scozia. Venne attaccata nuovamente nel 802 e 806 dove si riporta l'uccisione di sessantotto fra monaci e laici. Valfridio Strabone, un abate di Reichenu, riporta in un manoscritto contenente molte delle sue opere, racconti dettagliati di un guerriero irlandese aristocratico che donò la sua vita a Dio. Colui era Blathmac e durante un attacco al suo monastero da parte dei pirati nel 825, venne lasciato in vita per ricavare informazioni riguardanti i prossimi obbiettivi da depredare. Al rifiuto di fornire tali informazioni, i pirati lo assassinarono brutalmente.[4]

Le isole britanniche non erano gli unici obiettivi di caccia da parte dei pirati norvegesi. Durante l'impero dei Franchi, il flusso di Vichinghi non cessò di aumentare. Ovunque ci furono cristiani vittime di massacri, incendi, saccheggi e i Vichinghi continuarono nella conquista di tutto il loro percorso, senza trovare resistenza. Presero Bordeaux, Périgueux, Limoges, Angoulême e Tolosa. Le città di Angers, Tours e Orléans vennero annientate e una flotta imponente di navi pirata che risaliva su per la Senna portò la paura in tutta la regione. Rouen fu rasa al suolo; Parigi, Beauvais e Meaux furono prese e ogni città fu assediata.

Entro la fine del IX secolo, i Franchi avevano pagato l'equivalente di dodici tonnellate di argento, grano, bestiame, vino, sidro e cavalli per evitare il saccheggio delle loro città e dei monasteri.

I pirati norvegesi si svilupparono nei primi anni dell'epoca vichinga. Dopo un primo periodo di nomadismo, stabilirono basi stabili sulle coste, insediandosi con le loro famiglie in posti come Jorvik (York), Islanda, Novgorod (Russia) e Normandia. La pirateria mise le basi per l'esplorazione finché la civiltà norvegese raggiunse il Nord America. Famosi per la loro abilità di navigatori e per le lunghe barche, i vichinghi in pochi secoli colonizzarono le coste e i fiumi di gran parte d'Europa, le isole Shetland, Orcadi, Fær Øer, l'Islanda, la Groenlandia e Terranova; si spinsero a sud fino alle coste del Nordafrica e a est fino alla Russia e a Costantinopoli, sia per commerciare sia per compiere saccheggi.

Il loro declino avvenne in coincidenza con la diffusione del Cristianesimo in Scandinavia; a causa della crescita di un forte potere centralizzato e al rinforzarsi delle difese nelle zone costiere dove erano soliti compiere saccheggi, le spedizioni predatorie divennero sempre più rischiose, cessando completamente nell'XI secolo, con l'ascesa di re e grandi famiglie nobili e di un sistema semi feudale.

I vichingi, nell'immaginario moderno, sono associati a falsi miti, tra i quali che fossero molto alti (secondo studi moderni erano solo di media statura), che indossassero elmi con le corna (assai scomodi in battaglia), che vivessero solo per depredare (erano al contrario abili commercianti), usassero i teschi come tazze e fossero selvaggi e sporchi. Il cuore della società vichinga era in realtà basato sulla reciprocità, sia a livello personale e sociale sia a livello politico. Riguardo all'igiene, erano in realtà considerati "eccessivamente puliti" dalle popolazioni britanniche per la loro abitudine di fare almeno un bagno a settimana e usavano pettini e sapone. Ciò non toglie che effettivamente i Vichinghi terrorizzavano chiunque fosse da loro assalito; spesso trucidavano la popolazione locale, depredando tutti i beni e il bestiame, schiavizzavano i bambini e le donne, talvolta arrivando a commettere infanticidio, secondo le loro usanze belliche.

I Mori
Verso la fine del IX secolo, i Mori si erano instaurati lungo le coste della Francia meridionale e l'Italia settentrionale. Nell'846 i Mori saccheggiarono Roma e danneggiarono il Vaticano. Nel 911, il Vescovo di Narbona fu impossibilitato al ritorno in Francia per via del controllo che i Mori esercitavano su tutti i passi delle Alpi[5]. Dall'824 al 916 i pirati Arabi razziarono per l'intero Mediterraneo. Nel XIV secolo gli assalti dei pirati Mori e Arabi costrinsero il Ducato Veneziano di Creta a chiedere al Gran Duca di tenere costantemente in allerta la sua flotta navale.[6]

I Narentani
Dopo le invasioni compiute dagli Slavi. della ex provincia romana della Dalmazia nel V e VI secolo, una tribù chiamata Narentani prese comando, a partire dal VII secolo, sul mare Adriatico. Le loro incursioni aumentarono al punto che viaggiare e commerciare attraverso l'Adriatico non era più sicuro.[7]

I Narentani furono liberi di attaccare e saccheggiare nel periodo in cui la Marina Veneziana era impegnata in campagne militari fuori dai propri mari, ma al momento del suo ritorno nell'Adriatico, i Narentani abbandonarono i loro assalti, e furono costretti a firmare un trattato con i Veneziani ed a riconoscere il Cristianesimo. Negli anni 834-835, rotto il trattato precedentemente stipulato, attaccarono nuovamente ai danni di commercianti Veneziani di ritorno da Benevento. Seguirono quindi, negli anni 839 e 840, dei tentativi di punirli da parte dei militari Veneziani che andarono completamente falliti.

Successivamente gli attacchi ai danni dei Veneziani si fecero più frequenti e videro anche la partecipazione degli Arabi. Nell'anno 846, i Narentani saccheggiarono la laguna di Caorle passando alle porte di Venezia. I Narentani rapirono degli emissari del vescovo di Roma, che facevano ritorno dal Consiglio Ecclesiastico di Costantinopoli. Questo causò delle azioni militari da parte dei Bizantini che riuscirono a sconfiggerli e convertirli al Cristianesimo.Dopo le incursioni da parte degli Arabi, sulla costa adriatica nell'872 e il ritiro della Marina Imperiale, i Narentani continuato le loro scorrerie nelle acque Veneziane, provocando nuovi conflitti con gli italiani nell'887-888.

I Veneziani inutilmente continuarono a combattere contro di loro nel corso dei secoli X e XI.

Corsari Catalani

Il programma di espansione dell'Aragona era incentrato prevalentemente sulle attività marinare di pirateria e di corsa. Molte furono le lamentele da parte di diverse regioni vicine e lontane, attestando così l'efficacia di tali attività.

Nel 1314 due ambasciatori marsigliesi accusarono i pirati Catalani di aver venduto alcuni commercianti e marinai provenzali, dopo averli privati di beni ed imbarcazioni. Attorno al 1360, sempre da parte dei marsigliesi, si ha notizia dell'invio alla Regina Giovanna di Napoli di ambasciatori per la richiesta di risarcimento di danni conseguenti a razzie catalene, che ammontavano a ben 40.000 fiorini d'oro.[8] I Re Aragonesi non sempre mantenevano un atteggiamento chiaro nei confronti degli alleati, ai quali da un lato promettevano amicizia, mentre permettevano che i propri sudditi si volgessero contro di loro per saccheggi e attacchi ai mercantili. il controllo sul movimento dei porti aragonesi era rigido e veniva precisato da speciali norme che stabilivano le regole e le precauzioni secondo le quali si doveva navigare. L'editto reale del 1354 prevedeva infatti che nessuna imbarcazione potesse salpare dalla spiaggia di Barcellona o da altri porti del Regno, senza una licenza o un lasciapassare e che soltanto le navi armate potessero trasportare merci pregiate.[9]

Una organizzazione così minuziosa dell'attività mercantile sottolinea la volontà di programmare anche il commercio in funzione dei problemi dell'offesa e della difesa e quindi della pirateria e della guerra di corsa.

Fu il Re Enrico III (1216-1272) ad emettere le prime lettere di marca conosciute.

Ve ne erano di 2 differenti tipi: in tempo di guerra il re emetteva lettere di corsa che autorizzavano i corsari ad attaccare le navi nemiche, ed in periodo di pace i mercanti che avevano perso le navi od il carico per colpa di pirati potevano richiedere una lettera di marca speciale che permetteva loro di attaccare navi appartenenti allo Stato d'origine del pirata, per recuperare le perdite.

La gravità di questo fenomeno è testimoniata da provvedimenti cruenti ed esemplari come per esempio quello preso dal Re Enrico III nei confronti di un pirata di nome William Maurice, condannato per pirateria nel 1241 e conosciuto come la prima persona ad essere stata impiccata e squartata a fronte di una condanna per atti di pirateria.

Imbarco per la terra santa

L'Ordine dei Cavalieri di San Giovanni, detti anche Cavalieri del Santo Sepolcro, fu fondato nell'XI secolo durante le Crociate con l'intento di difendere Gerusalemme, in mano ai Cristiani, dagli attacchi delle forze dell'Islam (tra i cui attacchi vi era anche la "Corsa barbaresca" alle coste corrispondenti all'attuale area di Israele). Esiste una miniatura che mostra i crociati che caricano le navi per il viaggio in Terra Santa. I Cavalieri costruirono anche ospedali dove ricoverare i crociati feriti.

I corsari barbareschi

Nel Mar Mediterraneo operò quella che divenne la pirateria barbaresca, ossia ad opera dei corsari barbareschi, provenienti delle regioni "barbaresche" (cioè a maggioranza berbera che si affacciano sul Mediterraneo), che cominciarono ad operare dal XIV secolo.

Le scorrerie degli arabi nel Mediterraneo iniziarono con l'occupazione del cantiere navale di Alessandria d'Egitto (642) e la successiva costruzione del cantiere navale di Qayrawan, presso Tunisi (690 circa).

Gli Stati barbareschi (Algeri, Tripoli e Tunisi) erano città-Stato musulmane situate sulle coste del Mediterraneo, la cui principale attività era rappresentata dalla guerra marittima di corsa, soprattutto ai tempi delle crociate, guerre religiose che videro scontrarsi, a partire dalla fine dell'XI secolo, cristiani e musulmani.

Fino a circa il 1440, il commercio marittimo sia nel Mare del Nord che nel Mar Baltico era seriamente in pericolo di attacco da parte dei pirati.

Pirateria moderna:

I musulmani continuarono anche nel Rinascimento a depredare navi, e finirono progressivamente di operare solo nel XIX secolo, partendo comunque sempre e solo dalle coste marocchine, algerine, tunisine o libiche, ma senza essere pirati; ciò è dimostrato dal fatto che i corsari barbareschi non aggredivano navigli musulmani ma rapinavano esclusivamente imbarcazioni cristiane.

Tuttavia la pirateria moderna inizia realmente solo nel XVII secolo nel Mare Caraibico ed in meno di mezzo secolo si estende in tutti i continenti; il Mar delle Antille rimane ad ogni modo il centro della pirateria, sia perché là i pirati riescono a godere di una serie di appoggi e favori sulla terraferma, sia perché le numerose isole presenti sono ricche di cibo e i fondali bassi impediscono inseguimenti da parte delle già lente navi da guerra.

Tra le cause dello sviluppo della moderna pirateria vi fu l'azione della Francia e dell'Inghilterra che, per contrastare la Spagna nel Mare dei Caraibi, finanziarono vascelli corsari che saccheggiassero i mercantili spagnoli. Successivamente, sia per il venir meno dell'appoggio anglo-francese, sia per una acquisita abitudine allo stile di vita libero ed indipendente, molti corsari divennero pirati.

Un pirata del XVIII secolo rappresentato in un dipinto di Howard Pyle (1905)

Nel 1717 e 1718 Re Giorgio I di Gran Bretagna offrì il perdono ai pirati nella speranza di indurli ad abbandonare la pirateria, ma il provvedimento si dimostrò di nessuna efficacia. Per rendere i mari più sicuri si organizzò allora una sistematica "caccia ai pirati" da parte di navi corsare, specificamente autorizzate dai governi per combattere i pirati. Infatti, sebbene nel momento della massima espansione, attorno al 1720, i pirati dell'Atlantico non superassero il numero di 4 000, essi furono in grado di porre una pesante minaccia sullo sviluppo capitalistico dei commerci tra Inghilterra e colonie.

Ciò fu reso possibile, oltre che dalla oggettiva difficoltà di opporsi alla pirateria, da alcune cause più generali. Con il trattato di Utrecht, la fine della guerra di successione spagnola ed il nuovo equilibrio tra potenze che si venne a creare a partire dal 1714, le marinerie militari di Francia, Spagna e Inghilterra furono molto ridotte e da quel momento fino al 1730 circa vi fu anche una certa diminuzione dei commerci internazionali. La disoccupazione che colpì i marinai, la drastica diminuzione dei salari che ad essa si accompagnò, ed il contemporaneo peggioramento delle condizioni di vita a bordo dei vascelli, spinse un gran numero di marinai verso la pirateria che prometteva loro guadagni più facili e condizioni di vita più umane.

Pirateria contemporanea:
La pirateria è un fenomeno presente anche nel mondo contemporaneo. I pirati d'oggi hanno armi sofisticate, ma usano le stesse tecniche di abbordaggio. Attaccano navi mercantili disarmate e inoffensive; in alcuni casi uccidono i marinai e s'impossessano del carico, altre volte prendono in ostaggio l'equipaggio e chiedono un riscatto. Si calcola che le perdite annue ammontino tuttora a una cifra compresa tra 13 e 16 miliardi di dollari[13][14], in particolare a causa degli abbordaggi nelle acque degli Oceani Pacifico e Indiano e negli stretti di Malacca e di Singapore, dove transitano annualmente più di 50 000 carghi commerciali. I più pericolosi sono gli indonesiani, che nel 2000 si sono meritati il nome di "feroci pirati" per aver depredato 86 mercantili.

Mentre il problema si presenta saltuariamente anche sulle coste del Mediterraneo e del Sud America, la pirateria nei Caraibi e in America del Nord è stata debellata dalla Guardia costiera degli Stati Uniti. La pirateria si annida nel Golfo di Aden e Corno d'Africa.

Caratteristiche:
Diversi sono i termini con i quali sono indicati i pirati nel corso del tempo. Tra questi, bucanieri, derivato da Boucan, e **filibustieri,** derivato dal francese flibustier (in inglese freebooter). Benché spesso accomunati ai pirati, i **corsari** erano invece combattenti al servizio di un governo che, in cambio di un'autorizzazione a rapinare navi mercantili nemiche (lettera di corsa, da qui corsari), incameravano parte del bottino.

La differenza più evidente fra pirati e corsari era che questi ultimi, se catturati, soggiacevano alle norme previste dal diritto bellico marittimo, venendo imprigionati, al pari di un qualsiasi prigioniero di guerra, mentre i pirati catturati erano sommariamente giustiziati, in genere per impiccagione alla varea (estremità, parte terminale) del pennone di un fuso maggiore, al fine di fornire una tangibile prova della potenza della giustizia umana e fungere al contempo da salutare ammonimento per chi fosse tentato d'intraprendere una simile attività.

Stile di Vita:

Stando al libro sui pirati del capitano Charles Johnson la vita a bordo di una nave pirata era piena di contrasti. Sulle navi non mancava il lavoro per l'equipaggio impegnato in una costante manutenzione della nave. **Le regole che l'equipaggio doveva rispettare erano poche ma molto dure.**

Tra queste:

-Ognuno ha il diritto di voto, a provviste fresche e alla razione di liquore.
-Nessuno deve giocare a carte o a dadi per denaro.
-Le candele devono essere spente alle otto.
-Tenere sempre le proprie armi pronte e pulite.
-Ognuno deve lavare la propria biancheria.
-Donne e fanciulle non possono salire a bordo.
-Chi diserta in battaglia viene punito con la morte o con l'abbandono in mare aperto.

I pirati prendevano le loro decisioni in maniera collettiva. Non esisteva un leader assoluto; il comandante veniva eletto da tutta la ciurma riunita (dall'ultimo mozzo al timoniere) per effettuare le scelte relative alla conduzione della nave. Il bottino veniva diviso in quote uguali assegnando in certi casi due quote al comandante e una e mezzo al capitano.

Ogni comandante aveva un proprio regolamento che modificava in alcuni punti quello base. I pirati, commettendo attività illecite, si riunivano in basi. **La base dei pirati più famosa fu un'isola a forma di tartaruga detta appunto la Tortuga, che si trova nei pressi dell'isola di Hispaniola.**

<u>Tesori</u>

È più leggenda che realtà il fatto che i pirati nascondessero tesori in isole disabitate, anche se non si può escludere che ciò sia avvenuto realmente, in attesa di poterli smerciare senza rischio. I tesori dei pirati più ricercati del mondo sono il tesoro degli **Inca** e il tesoro sepolto nell'**Isola del Cocco** (al largo della costa pacifica costaricana).

1) Il tesoro dell'Isola del Cocco è un insieme di ricchezze che sarebbero state sepolte nella località costaricana tra il XVII e il XIX secolo dai pirati. Si tratta di tre tesori, uno dei quali è il cosiddetto **"Bottino di Lima"**.
Il Bottino di Lima:
-Il seppellimento del tesoro:
Nel 1820, mentre infuriava la guerra di indipendenza tra Cile e Perù, l'armata cilena stava per invadere la città spagnola di Lima. Gli spagnoli decisero quindi di salvare tutte le immense ricchezze della città. Queste vennero caricate sul brigantino inglese Mary Dear, sotto il comando del capitano William Thompson. Il tesoro includeva inestimabili quantità d'oro, argento e una statua della Vergine Maria con il Bambino in grembo. Tutto questo oro era una tentazione troppo grande per Thompson. Fece quindi uccidere i soldati e il prete, gettando poi i cadaveri in mare; in seguito fece rotta verso l'Isola del Cocco. Approdati sull'isola i pirati seppellirono il tesoro suddividendolo in dodici casse. La nave di Thompson venne però avvistata dagli spagnoli che giustiziarono tutto l'equipaggio, eccetto Thompson e un suo compagno, a patto che rivelassero il luogo dove era sepolto il tesoro. Approdati sull'isola, Thompson e il suo compagno riuscirono però a

fuggire. Thompson e il compagno vennero poi tratti in salvo da una nave approdata in cerca d'acqua. Il compagno morì di febbre qualche mese dopo.

I documenti:

Dopo essere tornato a casa, Thompson, continuò a navigare come marinaio semplice. Un giorno conobbe un navigatore olandese di nome John Keating. Thompson tornò a casa sua con Keating dove vissero per 3 mesi. Poi Thompson, in punto di morte, rivelò a Keating il luogo dove era sepolto il tesoro. Keating fece quindi ben tre spedizioni sull'Isola del Cocco riportando ogni volta a casa modeste quantità d'oro. Raggiunta l'anzianità, anche Keating pensò di trasmettere le proprie informazioni a Nicolas Fitzgerald, che a sua volta le rivelò a un australiano di nome Curzon Howe ricevendo in cambio una modesta somma di denaro. Queste informazioni furono scritte in documenti che oggi sono esposti al Nautical & Traveller Club di Sydney.

Le ricerche antiche:

Il capitano francese Tony Mangel fu uno dei pochi fortunati che ebbe modo di esaminare l'intero carteggio. Tra il 1927 e il 1929 approdò due volte sull'Isola del Cocco e concentrò le proprie ricerche su una grotta occultata parzialmente dall'alta marea, a sud della baia della Speranza. Mangel utilizzò anche cariche esplosive, ma senza risultati e quindi tornò in Francia. Successivamente alcuni cercatori belgi trovarono, nella stessa grotta, una statua della Vergine Maria alta 60 cm e completamente scolpita nell'oro. La statua venne poi rivenduta ad un collezionista statunitense per una cifra enorme. Però la descrizione della statua di Nicolas Fitzgerald era diversa. La descrizione parlava di una statua alta 2 metri e pesante 780 libbre, tempestata di 1.684 pietre preziose, tra cui tre smeraldi, che misuravano ben 3 pollici. È verosimile che Keating abbia trovato la statua, ma essendo difficile da occultare durante il trasporto, la lasciò al proprio posto.

Le ricerche recenti:

L'ultima ricerca risale al 1992. Nel 1998 la N.A.S.A. ha lanciato un satellite nello spazio per scrutare l'Isola del Cocco alla ricerca di un tesoro. Il satellite rivelò che sull'isola esistono in totale 3 giacimenti di oro: due sulla terraferma e uno in mare. Questa scoperta spinse il governo della Costa Rica a finanziare ulteriori ricerche.

Gli altri tesori:

Nel 1824, prima di essere impiccato, il pirata inglese Bennet Graham sostò sull'Isola del Cocco per nascondervi un grande tesoro sottratto al galeone spagnolo Relampago. Queste rivelazioni vennero fornite alle autorità statunitensi dalla moglie di Bennet trent'anni dopo la sua morte.

Inoltre sarebbe sepolto sull'isola un altro tesoro appartenuto al pirata William Davies e nascosto nel 1684

Spieghiamo bene la differenza tra pirata, bucaniere, corsaro, filibustiere e barbaresco.

Nella storia della navigazione infatti si sono create delle imprecisioni linguistiche che hanno dato origine a dei fraintendimenti. Il termine Pirata indica l'attività di quei marinai che depredano o affondano le altre navi in alto mare, nei porti, sui fiumi. Oggigiorno il termine viene ancora utilizzato per indicare chi compie crimini in mare verso altre imbarcazioni.

Il **Corsaro** era una persona al servizio di un governo, cui cedeva parte degli utili, ottenendo in cambio lo status di combattente (lettera di corsa) e la bandiera, il che lo autorizzava a rapinare solo navi mercantili nemiche, e ad uccidere persone, ma solo in combattimento. La differenza fondamentale tra pirati e corsari è che nel momento della loro cattura i corsari venivano considerati prigionieri di guerra e i pirati giustiziati sommariamente.

Il termine **Bucaniere** deriva dal francese Boucanier e indicava cacciatori di frodo che affumicavano la carne su una graticola . Questo metodo era chiamato barbicoa, dal quale deriva barbecue ed era utilizzato da una tribù di Santo Domingo. In genere nel 17esimo secolo con il termine bucanieri venivano indicati i pirati della zona dei Caraibi: le loro basi erano Hispaniola, Tortuga e Port Royal.

La parola **Filibustiere** è collegata al francese flibustier, all'inglese filibuster, e allo spagnolo filibustero, e questi derivano dall'olandese vrijbuiter (simile all'inglese freebooter), indicando uno che fa liberamente bottino. All' inizio del 17° secolo francesi e inglesi dell'isola di San Cristoforo (adesso nota come Saint Kitts), cacciati dagli spagnoli e sotto la guida di Pierre Belain d'Esnambuc, si rifugiarono sull'isola Tortuga, a nord di Haiti. Furono raggiunti da qualche centinaio di olandesi scacciati dagli spagnoli dall'isola Saint Croix e altri inglesi scacciati dall'isola di Nevis. Questi coloni divennero i primi filibustieri. I filibustieri furono attivi per circa un secolo attaccando mercantili spagnoli, in teoria a nome dei loro paesi d'origine. Ai filibustieri si unirono poi i bucanieri dell'isola di Santo Domingo. Sull'isola Tortuga arrivarono inoltre nuovi coloni.

I **Barbareschi** furono attivi contro possedimenti, beni e imbarcazioni dell'Europa cristiana a partire dal XVI secolo fino agli inizi del XIX secolo in tutto il Mediterraneo occidentale e lungo le coste atlantiche dell'Europa e dell'Africa. Loro basi di partenza furono le piazzeforti disseminate lungo le coste del Nordafrica (principalmente Tunisi, Tripoli, Algeri, Salé e altri porti del Marocco), in quelle zone che gli europei chiamavano "Barberia" o stati barbareschi. Essi arrivarono sino in Islanda e perfino in Groelandia. Nell'ultima fase della pirateria dei Caraibi compare il Jolly Roger il cui disegno è diverso da filibustiere a filibustiere.

Torture e Punizioni Piratesche
PUNIZIONI E TORTURE

I pirati, quando catturati, venivano sottoposti ad un regolare processo, e se giudicati colpevoli, condannati a morte, che attendevano nelle precarie e terribili condizioni della prigionia. L'impiccagione di un pirata diveniva uno spettacolo pubblico, per questo motivo il patibolo era spesso situato in cima ad un altura o in un luogo in cui potesse essere ben visibile, ed attorno ad esso si radunava la popolazione. Spesso i corpi dei pirati considerati più pericolosi e rinomati venivano legati con bande di ferro strette attorno al corpo, così che, una volta decomposto, lo scheletro rimanesse racchiuso all'interno di questa gabbia, Venivano poi appesi in modo da essere ben visibili anche dal mare e fungere da monito contro la pirateria stessa. La maggior parte delle esecuzioni si ebbero a partire dal 1725.

Ma punizioni e torture ben più temibili e crudeli venivano effettuate dai pirati stessi. Non erano poche le volte in cui i pirati torturavano i loro nemici e prigionieri perchè rivelassero loro il luogo ove venivano nascosti i tesori, molte volte infilando micce accese tra le dita di piedi e mani dopo averli legati, lasciando che queste bruciassero loro la pelle. La tortura però serviva anche ai pirati per incutere terrore, la paura infatti era un biglietto da visita davvero allettante per un pirata. Essere temuti significava avere più probabilità di resa da parte delle navi assaltate, e di conseguenza un saccheggio più rapido e facile. Erano rari i casi in cui la tortura veniva applicata come mero strumento di divertimento, seppur furono presenti nella storia della Pirateria.

Le punizioni a bordo di una nave erano frequenti per chi non rispettava le regole o chi non adempiva ai suoi incarichi, a maggior ragione su una nave pirata.

Lo strumento più usato per infliggere punizioni era il "gatto a nove code", la frusta tipica che si usava in mare. Veniva preparato dallo stesso marinaio che doveva subire la punizione, srotolando una fune in tre parti, a loro volta suddivise in tre funicelle, e poi annodando ogni estremità. Un "gatto" era usato una volta sola, poichè le corde insanguinate, se riutilizzate, potevano infettare le ferite.

Se un pirata veniva sorpreso a rubare ad un altro membro dell'equipaggio gli venivano tagliati naso e orecchie ed egli veniva lasciato a terra in un luogo popolato ove potesse essere visto. Spesso invece accadeva che, in caso di frode alla ciurma stessa, un pirata venisse abbandonato su di un isola deserta. Venivano lui lasciata una pistola, una bottiglia d'acqua che poteva durare per poco più di un giorno, ed una di polvere da sparo. Erano così remote le possibilità di sopravvivenza in queste condizioni che l'abbandono su un'isola deserta equivaleva a condannare il pirata a morte. Veniva inoltre punito con la morte anche chi veniva colto a sedurre o portare a bordo della nave un individuo dell'altro sesso.

SCOPERTE / Sulla nave del Pirata Barbanera terribili strumenti (medici) e di tortura:

A bordo della nave ammiraglia del pirata Barbanera, affondata nel 1718, gli archeologi hanno trovato un terrificante tesoro nascosto composto da antichi strumenti medici.

Il pirata Barbanera in una litografia del diciottesimo secoloIl pirata Barbanera in una litografia del diciottesimo secolo

IL TERRIFICANTE "TESORO MEDICO" DEL PIRATA BARBANERA - La vita del pirata non era certo una vita sana: tra un arrembaggio e l'altro i bucanieri dovevano infatti combattere contro malattie come la sifilide e lo scorbuto. Alcuni archeologi impegnati ad esplorare la nave ammoiraglia del pirata Barbanera affondata al largo delle coste della North Carolina hanno rivelato la loro ultima scoperta: un tesoro nascosto fatto di strumenti medici d'epoca che include un'inquietante siringa uretrale. La "Vendetta della regina Anna" era affondata vicino alle coste della Carolina del Nord nel 1718, dopo una breve ma mitica carriera nel derubare le navi mercantile dall'Africa ai Caraibi. Il pirata Barbanera riuscì a scappare con sua moglie ma morì pochi mesi dopo in un combattimento. Nel 1996, gli archeologi trovarono il relitto e da allora stanno scoprendo giorno dopo giorno i suoi segreti. Secondo quanto dichiarato dall'archeologa Linda Carnes-McNaughton, durante la cattura della "Vendetta della regina Anna" Barbanera costrinse i suoi tre chirurghi francesi a restare a bordo: molti degli strumenti medici ritrovati a bordo portano infatti i segni di manifattura francese.

Brevi cenni su: P U N I Z I O N I - T O R T U R E - E S E C U Z I O N I al tempo della Pirateria in Atlantico:

A) dei P I R A T I verso i membri trasgressori delle regole di bordo, scritte e sottoscritte con pubblico giuramento su una bibbia o su un'ascia d'arrembaggio.

Era così che si "accettava" che l'autorità venisse posta nelle mani dell'equipaggio, per il tempo dell'imbarco, e gestita per una data spedizione da un Comandante "accettato".

- "**mettere ai ferri**": legare con manette (ferri) o catene in sentina o al sole sul ponte o esposto a manovre fisse e lasciato lì, fino al pentimento, il malcapitato.
- "**fustigazione col gatto a 9 code**": utilizzata per punire i marinai era costituita da una fune srotolata per formare 9 funicelle separate. I nodi, all'estremità di ognuna delle 9 code rendevano la punizione ancor più dolorosa. Certa letteratura fantasiosa aggiungeva ami da pesca attaccati alle code o pezzi di piombo o chiodi con triplice punta - peraltro esistenti – utilizzati per lanciarli sulla "tolda" della nave arrembata. La punizione comportava da 10 a 39 fustigate per chi avesse picchiato un compagno d'equipaggio, ma anche per chi avesse lasciato accesa, a bordo, una candela o si fosse addormentato durante la guardia.
- "**salto dall'asse o dalla passerella protesa fuori bordo, detto anche supplizio dell'annegamento**": la vittima era costretta a camminare lungo l'asse e a finire in mare. Si sa di un solo caso in cui la punizione dei pirati abbia fatto gettare in mare un uomo. D. Sekulich, a p. 121 del suo libro, scrive che questa punizione è opera di fantasia letteraria e filmica. Pare, però, sia bastato un solo caso per ricordarla... E' nota la battuta, nel film "Peter Pan" della Walt Disney Co., di Cap. Uncino al suo pirata sdentato:"Vuoi sentire il pluf, Dente di latta ?". Alcuni disegnatori mettono una palla di cannone al collo della vittima. H. Pratt si inventa, per l'inizio di Corto Maltese, la "crocifissione" in acqua...
- "**pena della calata o giro di chiglia**": la vittima legata mani e piedi con 2 cime distinte, viene gettato in mare da babordo e trascinato, per sotto, a tribordo (o viceversa) passando per le incrostazioni della carena. La durata del "passaggio" faceva vivere o morire annegata la vittima. Se sopravviveva le ferite e le infezioni facevano il resto.
- "**duello alla pistola**": si faceva a terra, alla distanza di 10 passi (cioè 20) e, dopo il primo colpo si passava – se del caso – alla spada, fermandosi, comunque, al I° sangue.
- "**taglio del naso o delle orecchie**": a chi rubava ad un altro pirata, a bordo.
- "confisca della parte del bottino": a chi non teneva pulite e pronte le sue armi per il combattimento, a bordo (pare mai applicata...)
- "**abbandono in un'isola deserta**": per chi tradiva, faceva la spia o fuggiva. Il colpevole veniva nominato "**Governatore dell'isola**" e fornito di un fucile o pistola, polvere da sparo, palle adatte, un cocciod'acqua ...

B) dei PIRATI verso i nemici o i prigionieri:

- "**parla o sarai torturato**": minaccia usata per rivalersi sull'autorità di: Capitani, marinai di certe nazionalità ma, soprattutto, per scoprire dove fossero nascosti gli oggetti preziosi.
Non si perdeva tempo.
- "**pena delle verghe**": poi diventata nei films "il tunnel" sotto cui passare essendo picchiati fino all'uscita dello stesso o del cerchio che stringeva la vittima che cercava di uscirne, anche se malconcio. Simile alla "sudata". La bastonatura non era mortale.
- "**srotolamento delle budella della vittima**": " ...meglio applicare alla canaglia la punizione che Montbars impartiva agli spagnoli. Si fa un taglio sulla pancia e si estrae un lembo delle viscere, che viene inchiodato all'albero. Poi si costringe il prigioniero a correre in tondo finché le budella non restano attorcigliate attorno all'albero". (v.: V.Evangelisti: Tortuga, p. 53).
- "**trincatura**": il termine viene da un modo di legatura delle cime attorno agli alberi. Una fune attorno alla testa della vittima e le estremità di essa fissate ad un bastone. Ruotando la fune si attorcigliava e stringeva le tempie...ne soffrivano perdutamente gli occhi....

- "**regressione alla bestialità**": si scrisse che François l'Olonnais, avesse aperto il petto di un uomo ed estrattone il cuore lo avesse fatto mordere ad un'altra vittima perché entrambi non sapevano o volevano "parlare". Anche di Barbanera si diceva che uccidesse a freddo uno dell'equipaggio per ricordare a tutti chi comandava.

C) Contro i PIRATI :

- "**la danza della corda di canapa**" dentro la "gibbet". Si trattava di un'intelaiatura di ferro che stringeva un corpo umano attraverso vari anelli: 3 per il busto e 2 per le gambe. Il capo era serrato in una specie di gabbietta con un uncino sopra, di aggancio. Anche questa di V. Evangelisti, (op. cit.) è una descrizione da "documentazione" in cui chi scrive descrive un ben noto disegno dell'esposizione del corpo del Cap. W.Kidd, a Londra. Cioè leggendo, vediamo con gli occhi dello scrittore ciò che potremmo vedere coi nostri: come in mare, come in barca. L'espressione era riferita alle contrazioni involontarie delle gambe e delle braccia: per il così detto buon esempio.... Sul molo delle esecuzioni. A Parigi il patibolo era alzato in Place de Grève, lungo la Senna, cioè quella attuale del Municipio.
- "**esecuzione**": "chi sparge il sangue dell'uomo, avrà il suo sangue sparso dall'uomo". Allora la pena di morte era sentita come diversa dalla morte in duello, in combattimento, all'abbordaggio. Allora era in gioco la vita, oggi è in gioco, in mare, una solidale affettività. Si spera. P 28 bit. I-1534 Bibliografia: - P. Croce: Pirati leggendari. Ed. EdiCart, 2007, pp. n.n., ill., interattivo. – V. Evangelisti: Tortuga. Ed. Mondadori, 2008, pp.332. – V. Melegari: Pirati Corsari e Filibustieri. Ed. Mondadori, 1970. – H. Pratt: La ballata del mare salato. Ed. Rizzoli, 1991, fumetto. – D. Spence: Pirati. Ed. IdeeAli, 2006, pp.25, ill.,interattivo. D. Sekulich: Il Terrore dei Mari. La vera storia dei nuovi pirati. Ed. l'ancora del mediterraneo le gomene, 2009, pp. 301.

JOLLY ROGER
Origine della locuzione

Il pirata Stede Bonnet in un'incisione dell'epoca

L'origine della locuzione "Jolly Roger" non è chiara.

Una teoria vuole che derivi dal francese "jolie rouge", che in inglese venne corrotto in "Jolly Roger". Questo potrebbe essere verosimile poiché esisteva una serie di "bandiere rosse" che erano ben più temute delle "bandiere nere". La bandiera rossa infatti significava morte certa. L'origine delle bandiere rosse è probabilmente legata al fatto che i corsari inglesi del 1694 usavano una "red jack" (un vessillo color rosso, appunto) su ordine dell'ammiragliato. Quando la guerra di successione spagnola finì, nel 1714, molti corsari si diedero alla pirateria e alcuni mantennero la bandiera rossa, poiché il rosso simboleggia il sangue. Non importa quanto gli uomini di mare temessero la bandiera nera dei pirati, tutti pregavano di non incontrare mai la jolie rouge. La bandiera rossa dichiarava spavaldamente le intenzioni dei pirati, cioè non dare quartiere. Nessuna vita sarebbe stata risparmiata, nessuno scampo concesso.

Il termine venne successivamente usato per la bandiera nera con teschio e ossa che apparve attorno al 1700.

All'atto pratico, in combattimento, molti mercanti rimanevano sorpresi quando una nave cambiava la propria bandiera nazionale nella più portentosa Jolly Roger, il che era l'effetto desiderato.

Un'altra teoria propone che il capo di un gruppo di pirati asiatici veniva nominato Ali Raja, "Re del mare", i pirati inglesi si appropriarono del termine e lo modificarono.

Un'ulteriore teoria è che il nome possa derivare dal termine inglese "roger", che significa vagabondo: "Old Roger" era un termine usato per il diavolo.

Varianti

Esistevano molte varianti e simboli addizionali sulle bandiere usate dai pirati. Calico Jack Rackham e Thomas Tew usavano una variante con due spade al posto delle ossa. Edward Teach (noto come "Barbanera") usava uno scheletro che reggeva una clessidra in una mano e una spada o una freccia nell'altra, posto a fianco di un cuore sanguinante. Bartholomew Roberts noto come Black Bart usava due varianti: un uomo e uno scheletro, che regge una spada o una freccia in una mano e una clessidra o una tazza nell'altra brindando alla morte, oppure un uomo armato in piedi su due teschi sopra le lettere ABH e AMH (un avviso per gli abitanti di Barbados e Martinica che la morte li attendeva). Scheletri danzanti simboleggiavano che i pirati davano poca importanza al loro destino.

Calico Jack Rackham

Emanuel Wynne

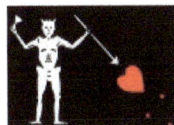

"Barbanera" Edward Teach

Henry Avery

Thomas Tew

Stede Bonnet

Edward England

Christopher Moody

Bartholomew Roberts

Bartholomew Roberts

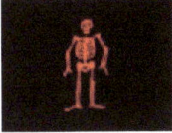

Edward Low

Richard Worley

Christopher Condent

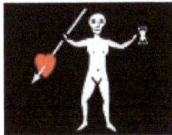

John Quelch

Walter Kennedy

Uso pratico

Bandiera rossa di Henry Avery

A prima vista poteva sembrare una cattiva idea avvertire il nemico sventolando la Jolly Roger. Tuttavia, questa tattica può essere considerata una forma primitiva di guerra psicologica. L'obiettivo primario di un pirata era catturare la nave intatta e il suo carico: con una reputazione sufficientemente spaventosa, un pirata che mostrava la Jolly Roger poteva arrivare a intimidire l'avversario e costringerlo alla resa senza nemmeno entrare in combattimento. Se una nave decideva di resistere all'abbordaggio la Jolly Roger veniva abbassata ed era issata la bandiera rossa, indicando che la conquista sarebbe avvenuta con la forza e senza pietà. Ovviamente i pirati speravano che questo comportamento diffondesse la convinzione che resistere ad un abbordaggio fosse una pessima idea.

Tuttavia esporre la Jolly Roger troppo presto aveva degli svantaggi: il bersaglio poteva riuscire a fuggire, e le navi da guerra avevano ordine di aprire il fuoco a vista contro ogni nave che portasse il teschio e le ossa.

Nell'ultima fase della guerra di corsa (al principio del XIX secolo) il significato dei colori cambiò. La bandierà rossa significava "non ci arrenderemo mai", ed era anche considerata simbolo di ammutinamento o di rivendicazioni. Per esempio durante le guerre napoleoniche la flotta inglese conobbe due brevi ammutinamenti di massa per contestare le paghe basse, il vitto scadente e la disciplina durissima, in queste occasioni i marinai esposero la bandiera rossa. Questa simbologia fu poi ripresa, in vario modo, anche da vari movimenti politici, prevalentemente di sinistra. Contemporaneamente la bandiera nera (un Jolly Roger senza però alcun simbolo) prese a significare "non si fanno prigionieri, non ci diamo prigionieri", ovvero che il combattimento che si andava a incominciare sarebbe stato ad oltranza. Queste nuove bandiere non erano esposte tanto per spaventare le navi mercantili, ma come segnali di sfida verso le navi delle marine regolari, ormai sempre più numerose ed agguerrite, che stavano progressivamente avendo ragione della pirateria, sia sui mari che privandola di basi.

Dunque per chi ancora non avesse conosciuto tutto ciò, possiamo dire di essere stato appena delucidato sul termine "Pirateria" con relative informazioni principali attraverso la storia.

Ma se vi dicessi che tutto questo non è altro che un solo punto di vista di ciò che è stato?
Vedete, l'essere umano tende ad apprendere le cose gia belle e fatte; fatti compiuti cosi come vengono tramandati, senza interrogarsi se ciò che ha appena imparato sia realmente la verità dei fatti, la reale conoscenza, o solo una piccola parte che conviene alla società per i propri fini: la cosidetta mezza verità! O addirittura la menzogna, frutto di meccanismi politici e sociali...
Alla scoietà (dove risiedono umani di potere, al vertice di cariche politiche o semplicemente magnati e ricconi, conviene manipolare una popolazione attraverso strategie tenendola ignorante e schiava perchè è piu facile da comandare, come marionette! Per continuare tramite questo diversivo a compiere i loro subdoli giochetti a discapito di un popolo che crede in loro come un gregge di pecore...

Io vi narrerò, invece, che i termini "PIRATERIA" e "PIRATA" sono bel altro e hanno tutt'altro significato di come li conoscete voi, ma siate liberi di apprendere ciò al pari di una fiaba...
Benevenuti dall'altra parte della storia!
...

C'erano una volta un frate italiano, un pirata americano, e un'ufficiale della marina francese.

Alcuni dicono che sono solo gli interessi a fare la Storia, che sono solo quelli a muovere le decisioni degli Stati e che gli ideali non contano. A me sembra un'analisi sbagliata, e non solo perché parte dal presupposto del tutto irrealistico per cui un Paese agisce in maniera razionale quasi come un organismo organico, ma anche perché sono innumerevoli gli esempi, nella Storia, in cui sono stati i principi ideali a fare la differenza.

Uno di questi, uno dei più bizzarri, invero, è la Repubblica di Libertalia, la cui storia venne raccontata (per i maligni inventata) dal grande Daniel Defoe, e che venne appunto fondata all'inizio del Settecento, secolo di grandi utopie, da Francesco Caraccioli, un frate di Roma dalle idee quantomeno originali, e da Bartholomè Misson, un ufficiale della marina del Re di Francia.

I due misero insieme questa comunità di liberi dopo avere guidato l'ammutinamento della nave da guerra Victoire, all'insegna dei princìpi riassunti da Caraccioli ai marinai che nella sua mente dovevano diventare i guardiani dei diritti e delle libertà dei popoli:
la loro politica non deve essere quella dei pirati, gente senza principi e condannata a una vita dissoluta: loro, al contrario, devono vivere da coraggiosi, da uomini giusti e puri, fedeli alla sola causa della Libertà. Non già, dunque, sotto la nera bandiera essi devono navigare, ma all'ombra di una bianca insegna al cui centro sarà ricamato il motto "Per Dio e per la Libertà"

Caraccioli, Misson e i loro compagni non vennero meno a questi princìpi, non li tradirono velocemente come in tante rivoluzioni, anche se naturalmente bisognava comunque mangiare, e quindi questi uomini giusti e puri dovettero ricorrere al sistema più facile per dei marinai di una nave da guerra armata di tutto punto, si diedero alla pirateria, ma senza crudeltà e anzi liberando gli schiavi delle navi negriere, che integravano tra loro, oltre a dare dimostrazione (pare) di cortesia e buona educazione che neanche nei film di pirateria degli anni cinquanta (come ad esempio Bucaneer's Girl di cui vi propino il trailer perché un cinefilo ci prova sempre).

Fu con lo stesso spirito che Caraccioli e Misson giunsero in un luogo che secondo alcuni è il Madagascar, per altri le Mauritius, per altri ancora l'isola di Reunion, fatto che sta che vi trovarono entrambi moglie tra le donne del luogo, e lì fondarono quella che appunto chiamarono Repubblica di Libertalia, cui poco dopo si unì il pirata americano Robert Tew.

Nella Repubblica di Libertalia non esistevano tortura, schiavitù né proprietà privata, c'era libertà sia in campo religioso che in campo sessuale, i governanti erano liberamente eletti dai cittadini, la lingua nazionale era l'insieme delle lingue dei suoi abitanti, un misto di inglese, francese, olandese e portoghese, e chissà che Caraccioli non ci avesse infilato anche qualche vocabolo in romanesco.

La storia sembra addirittura finta, ci sono l'ammutinamento, i pirati idealisti, la principessa indigena, l'isola paradisiaca, l'utopia socialista, ma invece è tutto vero, forse al limite un po' romanzato. Finì comunque tutto dopo pochi anni, con la morte di Caraccioli, ucciso durante l'assalto di alcuni indigeni, prima che gli stati occidentali scoprissero l'esistenza di quell'esperimento di libertà che certo li avrebbe allarmati non poco.

Un esempio di libertà probabilmente scomodo a tanti dei regimi che a quel tempo governavano l'Europa, per cui di Libertalia si sa poco o niente, quasi fosse stata cancellata dai libri di Storia, ma chissà che da qualche parte sulla Costa del Madagascar i discendenti di quegli uomini giusti e puri non vivano ancora secondo le regole della Repubblica di Libertalia.

APPROFONDIMENTO: "PER DIO E PER LA LIBERTÀ"

L'ubicazione geografica di Libertalia non è mai stata molto chiara, ma pare che sorgesse in Madagascar e si estendesse dalla baia d'Antongil fino a Mananjary, includendo l'Île Sainte-Marie e Foulpointe. Un'area in effetti storicamente legata a doppio filo a quella della pirateria, visto che nella sua lunga esistenza ha ospitato numerosi bucanieri che depredavano le flotte mercantili di ritorno dalle Indie Orientali. William Kidd, Robert Culliford, Olivier Levasseur, Abraham Samuel, Thomas Tew e Henry Every sono solo alcuni dei più famosi filibustieri che hanno vissuto o sostato nelle baie locali. L'ultimo citato, in particolare, è stato uno dei pirati di maggior "successo" della storia: conosciuto anche come John Avery o capitano Bridgeman, questi era stato un cadetto della Marina Reale britannica e poi un corsaro, prima di diventare un filibustiere attivo alla fine del XVII secolo principalmente nel Madagascar.

Su Henry Every esistono diverse biografie, ognuna delle quali contiene molti elementi romanzati. Diventa quindi complicato stilarne una accurata, o raccontarne le gesta senza rischiare di commettere degli errori di collocazione storica o "tecnica", come sempre accade del resto quando si lavora su documenti che non danno certezze su determinati fatti della vita di qualcuno. Comunque sia, nel corso delle sua "carriera" criminale, Every si mise a intercettare i velieri dei pellegrini musulmani che partivano dal porto indiano di Surat, giungevano a Mokha, presso l'imboccatura del mar Rosso, e ripartivano per La Mecca. L'ultima sua impresa, assieme ad altri colleghi fra i quali il capitano Thomas Tew (che in alcuni testi viene indicato come uno dei fondatori di Libertalia), che perì proprio durante la battaglia, fu quella di attaccare la flotta del Gran Mogol, importante dinastia imperiale islamica dell'India, e saccheggiare la sua enorme nave da trasporto chiamata Ganj-i-Sawai. Oltre al corposo bottino, secondo certe fonti del tempo, Every rapì e fece sua sposa proprio una figlia o una nipote di Aurangzeb, il sovrano dell'Impero Mogul, e dopo alcune peripezie, nel giugno del 1696 sparì nel nulla per entrare nella leggenda con la sua nave chiamata The Fancy. Alcuni dissero che dopo aver cambiato identità per sfuggire alla caccia all'uomo che si era scatenata contro di lui vivesse nel lusso su un'isola tropicale, altri che si fosse rifugiato in Irlanda o che fosse perfino caduto in disgrazia. Altri ancora che avesse solo fatto finta di scappare dal Madagascar, e che dopo un lungo periodo di navigazione avesse invece fatto ritorno "a casa", nascondendosi nella giungla dove avrebbe fondato un suo "regno", insieme ad alcuni compagni. Tra questi alcuni teorici sostengono ci fosse anche il capitano Thomas Tew, che secondo loro sarebbe rimasto solo ferito nello scontro con la flotta del Gran Mogol.

HODIE MECUM ERIS IN PARADISO

L'insediamento di Libertalia era considerato un vero e proprio "paradiso" per i pirati. Pare che il motto "Hodie mecum eris in paradiso", che vuol dire "Oggi tu sarai con me in paradiso", tratta dal Vangelo secondo Luca, venisse spesso citato dai filibustieri e facesse riferimento proprio all'utopia dell'enclave. Questa "mitologica" colonia sarebbe infatti stata fondata verso la fine del Seicento dal prete italo-dominicano Caraccioli e dai bucanieri Thomas Tew e James Misson, presunto ex ufficiale della marina francese, col motto dell'utopia pirata "per Dio e la libertà". Secondo la leggenda gli abitanti della colonia erano motivati da ideali libertari, anti-autoritaristici e anti-capitalistici, tant'è che per esempio dividevano tra loro equamente donne, tesori e bestiame, erano contro ogni forma di schiavitù o gli Stati oppressivi, ed eleggevano il loro capo.

Se qualcuno di loro cominciava a lavorare un appezzamento di terra, questa veniva considerata di sua proprietà finché non avesse smesso di lavorarla. Si dice che fossero organizzati in gruppi di dieci pirati ciascuno, e che in ognuno di essi ci fosse un rappresentante che partecipava alle assemblee per decretare le leggi necessarie a regolamentare l'enclave; una delegazione di bucanieri si riuniva poi almeno una volta l'anno per prendere tutte le decisioni importanti riguardanti la comunità, e nulla poteva essere fatto senza il suo consenso. L'enclave durò all'incirca venticinque anni, quando venne distrutta dagli indigeni malgasci, che approfittando dell'assenza del capitano Thomas Tew e di gran parte dei pirati partiti insieme a lui per una missione di reclutamento, attaccarono la colonia e compirono una strage. Massacro al quale sfuggì Misson, che insieme ad altri quarantacinque superstiti riuscì a partire con dell'oro e dei diamanti, si riunì con Tew e assieme a lui fece rotta verso l'America e le Bahamas. Quanto appena descritto in questo paragrafo è raccontato nel libro A General History of the Most Notorious Pirates. Il testo, apparso per la prima volta a Londra nel 1724, sarebbe stato scritto da un certo capitano Charles Johnson, ritenuto in realtà uno pseudonimo dello scrittore britannico Daniel Defoe, l'autore di Robinson Crusoe. Questi, secondo i sostenitori della teoria, per ideare la colonia di Libertalia e la figura di James Misson, si sarebbe ispirato alla leggenda di una società utopistica che alcuni ipotizzano sia stata creata da Every dopo i fatti legati all'Impero Mogull di cui abbiamo parlato prima, e proprio all'ex cadetto britannico per sviluppare il personaggio del bucaniere francese. Insomma, la colonia pirata sarebbe esistita, ma il nome glielo avrebbe dato lo scrittore Defoe.

Descrizione:

Il motto dell'utopia pirata era "Per Dio e la libertà", e la sua bandiera era bianca, in contrasto con il noto Jolly Roger, nero e raffigurante un teschio umano. *Erano cristiani;* dichiaravano guerra contro gli stati oppressivi e i legislatori, attaccando le loro navi, facendo prigionieri e liberando gli schiavi. *Chiamavano loro stessi "Liberi"* e sostenevano molti dei principi della democrazia diretta, vivevano sotto un regolamento comunale cittadino, una sorta di propria corporazione di pirateria dei lavoratori. *Possedevano un codice di condotta comune e utilizzavano un sistema di governo basato sull'elezione di rappresentanti rieleggibili. I pirati crearono una nuova lingua per i loro coloni ed operavano un'economia socialista.*

Dunque il vero significato di "Pirata" & di "Pirateria" è nobile e lotta contro il sistema!

PIRATA CODEX - IL CODICE DEI PIRATI:

Il Codice esiste veramente ed è Legge!

E' un DOVERE rispettarlo!

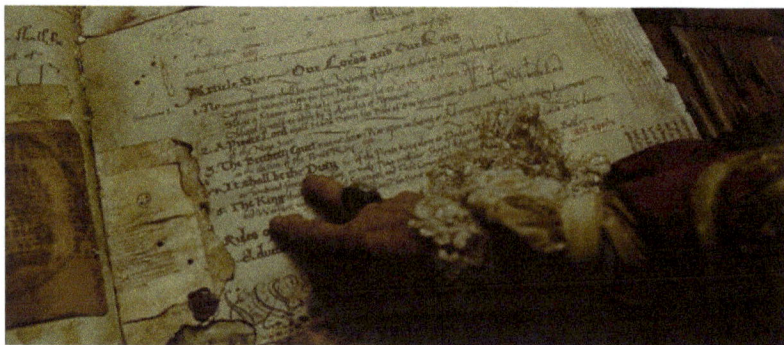

<u>Il codice è stato redatto dal Capitano Bartholomew Roberts</u>, ed i pirati stessi dovevano portare un grande rispetto di fronte ai compagni. Dopotutto, non si può pretendere di comandare 508 uomini divisi in quattro navi senza l'uso di regole.

La legge stabiliva i compensi per gli equipaggi, ma anche varie limitazioni come il divieto di portare donne a bordo (che, tra l'altro, secondo i pirati portavano sfortuna) o di giocare d'azzardo. Limitava i duelli e gli orari serali. Chiariva le terribili punizioni per i disertori e per i ladri.

Roberts, attorno al 1720, creò un codice personale suddiviso nelle seguenti undici parti. E' presumibile che ogni capitano fosse dotato di un codice simile, per mantenere in riga i suoi uomini.

<u>Il Pirata Codex è un vero e proprio codice etico dei pirati e si dice sia stato redatto anche dal celebre pirata Henry Morgan.</u>

Il Pirata Codex è tuttavia considerato da alcuni più come una linea guida che un vero e proprio codice, a voi scegliere come interpretarlo...

Il Codex prescrive numerose regole e linee guida, le più importanti sanciscono che:

I. Ogni uomo ha il diritto di voto nelle questioni in discussione; ha egual diritto a provviste fresche o liquori forti, presi in qualsiasi occasione, e può farne uso a piacimento, a meno che la carenza renda necessario, per il bene di tutti, porre un limite.

II. Ogni uomo [...] se froda la compagnia per il valore di un dollaro in argento, gioielli o monete, sarà punito con l'abbandono in un'isola deserta. Se la ruberia avviene tra compagni, al colpevole saranno tagliate le orecchie e il naso [...].

III. Nessuno deve giocare a carte o a dadi per soldi.

IV. Luci e candele devono essere spente alle 8 di sera. Se un membro dell'equipaggio dopo quell'ora ha ancora inclinazione a bere, dovrà farlo sul ponte scoperto.

V. I pezzi di artiglieria, le pistole e i coltellacci devono essere tenuti puliti e pronti all'uso in qualsiasi momento.

VI. Nessun bambino e nessuna donna sono ammessi a bordo. Se un uomo viene colto a sedurre un individuo dell'altro sesso, o lo porta in mare travestito da uomo, verrà ucciso.

VII. Il disertare la nave o la postazione in battaglia è punito con la morte o l'abbandono in luogo deserto.

VIII. A bordo non sono ammessi duelli, ma le dispute devono essere terminate a terra, con la spada o la pistola [...].
- Nessun uomo può colpirne un altro a bordo, le dispute vanno risolte a terra o all'arma bianca o alla pistola.

IX. [...] Se un uomo dovesse perdere un braccio, o diventare storpio in servizio, riceverà 800 dollari dalla cassa comune, o una somma adeguata per le ferite minori.

X. Il capitano e il suo secondo devono ricevere due quote di un bottino. Gli altri ufficiali una e mezza o una e un quarto.

XI. I musicisti possono avere un solo giorno di riposo alla settimana [...].

XII. Ogni pirata che intende attaccare una nave o un porto dal quale è stato avvistato e salutato deve esporre la propria bandiera pirata.

XIII. Ogni pirata che non intende concedere quartiere deve esporre la Jolie Rouge (Jolly Roger) rossa per informare delle sue intenzioni

XIV. Ogni marinaio, quando è il suo turno, può chiedere a bordo una parte del bottino (in aggiunta alla sua parte se ne ha ragionevolmente bisogno; in questa occasione può anche chiedere un cambio di vestiti, ma se un uomo ruba alla compagnia valuta in qualsivoglia misura e forma viene immediatamente condannato all'abbandono su un'isola deserta con una pistola carica ed una borraccia d'acqua; se un uomo dovesse rubare ad un altro questi verrà punito col taglio delle orecchie e del naso e sarà lasciato a terra, non in un luogo completamente disabitato ma comunque poco ospitale)

XV. Nessun uomo può dichiarare che un ordine porterà alla morte, se lo fa verrà punito con 1000 colpi, se a seguito di un ordine un uomo perderà un arto sarà risarcito con 800 denari presi dal bottino comune, se subirà ferite minori verrà risarcito con somme minori proporzionali al danno.

XVI. Chi ne ha diritto può riposare il giorno del Sabbath, ma negli altri sei giorni e notti nessuno gode di nessun tipo di favore.

XVII. Chiunque ha diritto al parlay col capitano della nave.

XVIII Chi si appella al parlay non può essere maltrattato finchè il parlay non si sarà concluso.

XVIIII Un atto di guerra o parlay con avversari della Fratellanza [della Costa] (così si facevano chiamare i pirati) può essere decretato solo dal Re dei Pirati eletto per voto popolare dai 9 Signori dei Pirati.

XX E' fatto divieto intraprendere azioni ostili o tradire altri Fratelli [della Costa].

XXI E' vietato inporturare le donne per bene; chi sarà sorpreso ad infastidire, molestare, attentare a tale donna, sarà punito seduta istante con la morte!

I GRADI A BORDO DI UNA NAVE PIRATA

1 CAPITANO: il capo della ciurma e dell'intera nave.

2 QUARTIERMASTRO: vice capo, che da ordini al suo equipaggio ed interagisce con il capitano.

3 UFFICIALE DI BORDO: ha il compito di scrutare i mari in cerca di navi da attaccare, comunicando tutto a chi di grado superiore.

4 UFFICIALE DI ROTTA: si occupa anche lui di individuare navi da attaccare interagendo con l'ufficiale di bordo.

5 TIMONIERE: conducente della nave e gran combattente, almeno quanto il nostromo.

6 NOSTROMO: il più forte della ciurma ossia il combattente più esperto (dopo il capitano).

7 AVVISTATORE DI PRUA/POPPA: un pirata abituato nel combattimento, ottimo combattente, ha il compito di reclutare la ciurma.

8 CANNONARO: colui che si occupa di caricare e fare fuoco in caso di attacco, anche lui discreto combattente.

9 CIURMIERE DI SUPPORTO: un pirata novizio senza molta esperienza, messo alla prova.

10 CUOCO: pirata con poche qualità di combattente, prepara e serve il rancio giornaliero per la ciurma.

11 MOZZO: si occupa di tenere pulito il pontile della nave, partecipa anche lui alle azioni belliche con secchio e spugna.

12 SCHIAVO: un prigioniero o un pirata castigato.

e comunque non era male avere anche la compagnia di qualche musico di bordo per allietare i periodi di noia assoluta o di quiete; a sua volta pirata, dunque addestrato a combattere e sempre pronto alle armi.

* * *

Infine Vi dirò che si trova in Madagascar l'unico "cimitero dei Pirati" al mondo!

Nei secoli 17° e 18°, Ile Sainte-Marie (o Santa Maria Island come è noto in inglese), una lunga e sottile isola al largo della costa africana orientale, è diventata una base popolare per i pirati. Fino a 1.000 pirati hanno voluto essere seppelliti a casa, ovvero in questa isola rocciosa, tra cui briganti ampiamente temuti Adam Baldridge, William Kidd, Olivier Levasseur, Henry Every, Robert Culliford, Abraham Samuel e Thomas Tew. Vivevano in neIle aux Forbans, un'isola situata nella baia del capoluogo di Sainte Marie, Ambodifotatra.

Questo posto, non era lontano dalle rotte marittime delle navi di ritorno dalle Indie Orientali, che navigavano in transito con le stive traboccanti di ricchezza, ed è stato dotato di baie e insenature protette dalle tempeste e, infine, aveva abbondanti frutti. E'stato situato in acque tranquille, in mezzo a numerose insenature e baie della bella isola tropicale, che ha reso il luogo ideale per nascondere le navi. I pirati hanno navigato per lo più da Inghilterra, Portogallo, Francia e in America per fare di questa isola al largo della costa del Madagascar, una casa un rifugio e un luogo strategico.

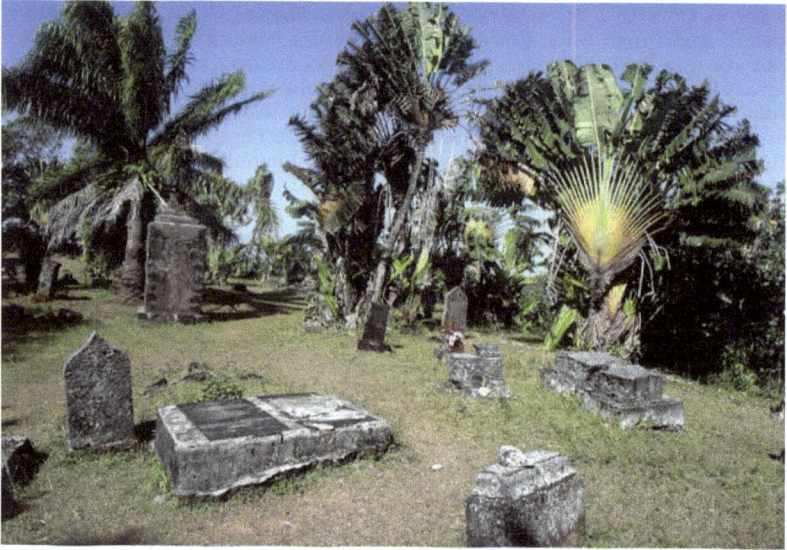

Con così tanti pirati costanti sull'isola, alcune famiglie sono anche aumentate, al momento, non c'è da meravigliarsi se Sainte-Marie sostiene di avere quello che potrebbe essere l'unico Cimitero dei pirati legittimo del mondo. Al centro del cimitero, c'è una grande tomba nera che la gente del posto sostiene essere l'ultima dimora del capitano Kidd, dove è sepolto in posizione verticale per punirlo dei suoi peccati.

Ci sono per lo più tombe del 1800, ma solo uno con il cranio classico e le ossa incrociate. Fonte
I pirati erano fuori Ile Sainte-Marie dalla fine del 1700, quando i francesi sequestrarono l'isola. Non è stato restituito al Madagascar fino al 1960. La repubblica pirata utopica di Libertalia è stato detto che esiste in questo settore, anche se l'esistenza della repubblica, e tanto meno la sua posizione, non è mai stata dimostrata.

Oggi, 30 lapidi rimangono, anche se la gente del posto dicono che c'erano una volta centinaia. fonte

Oggi, rimangono 30 lapidi , anche se la gente del posto dice che una volta erano centinaia. Fonte

Una mappa del 1733, recentemente scoperta da John de Bry, un archeologo che lavora su relitti nella zona, chiamata la massa di terra "l'isola dei pirati" ha identificato la posizione di tre relitti di navi pirata.

Il cimitero fatiscente, le sue tombe metà coperte dall'alto, erbe ondeggianti, è aperto al pubblico. Fonte

Tante le leggende dei pirati sono galleggianti intorno a Sainte-Marie, ma, è questo il Cimitero autentico? Tutti sull'isola, tra cui funzionari del turismo del governo, naturalmente, sostengono che lo è. Tuttavia, pirati morti o no, questo cimitero è una delle più popolari destinazioni turistiche del Madagascar.

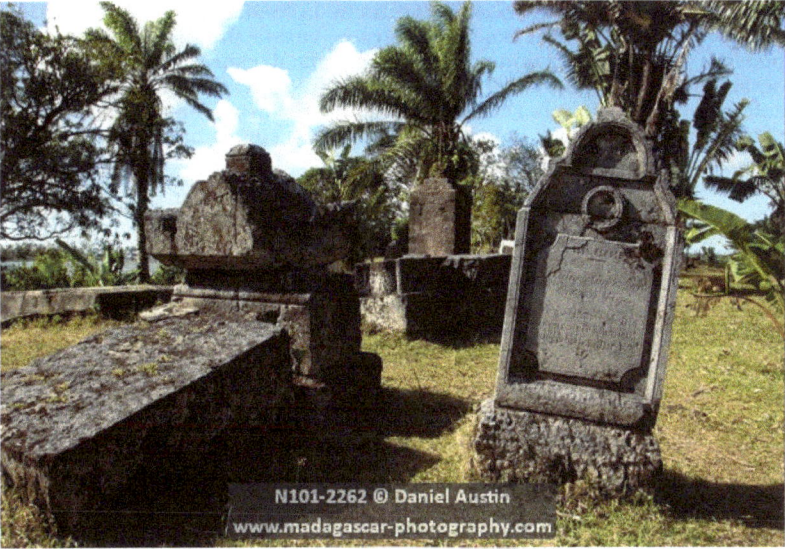

N101-2262 © Daniel Austin
www.madagascar-photography.com

Adesso sapete di Libertalia e che i Pirati che la fondarono erano nobili. Un paese dove l'umanità vera si sentisse a casa, basata sulla libertà (di essere, di pensare, di scelta, di azione; libertà di parola, di espressione, di religione e sessuale); sull'uguaglianza (nessun ricco e nessun povero) e sulla fratellanza (il segreto è la gentilezza e l'aiuto reciproco, la compassione, la gratitudine, la solidarietà, l'altruismo; difendersi come una famiglia)...

Troppo utopistico per Voi?
Eppure sarebbe la base della concezione vera di ESSERE e di UMANO e dunque di Umanità...

Adesso scegliete Voi in cosa credere, ma ricordate che:
volere è potere!
Niente è impossibile, poichè l' impossibilità è uno stato mentale!
E che se puoi sognarlo puoi farlo!

Ognuno di noi è architetto della propria vita e del proprio destino.
A noi la scelta!

Sta solo a noi scegliere da che parte stare...
Vedete il bene ed il male sono ovuqnue...

Vi hanno solo raccontato dei Pirati come predoni del mare; delinquenti senza etica nè morale a cui importa solo raziare depradare saccheggiare colpire picchiare recare sofferenza e morte per terra e per mare.
Si certo, perchè chi era dedito a delinquere sulla terraferma ha aprofittato di un'epoca d'oro dei traffici marittimi per insidiarsi come clandestino a bordo dei mercantili oppure come parte stessa dell'erquipaggio per poi agire da dentro saccheggiando e delinquendo...
MA NON é l'unica versione!
Non come la storia e la società ve l'hanno sempre raccontata...

Adesso sapete che in realtà il termine Pirata nasce nobile.
Colui/e o coloro definiti ribelli (quelli veri nel senso positivo del termine) capaci di lottare contro il sistema, di essere padroni della propria vita, del proprio intelletto, del proprio spirito; che se ne fregano degli schemi di una società degenerata; che sono vita, emozioni, coraggio che diviene audacia e temerarietà mischiata ad una sana follia di saper rischiare e buttarsi sempre, per difendere se stessi, i propri valori, ed i propri sentimenti; coloro che non si piegano a questa follia sociale.
I sognatori, i liberi, i veri, gli autentici, i folli, i ribelli, i guerrieri, i sopravvissuti... E cosa importante: hanno un codice comportamentale, Anima nobile!

E' solo questione di punti di vista.
Di saper osservare ed ascoltare.
Di ricercare sempre la verità.
Di scavare a fondo nelle cose.
Di interrgoarsi sempre.
Di studiare e di lottare.
Di essere migliori, di apprendere, voler conoscere ed accrescersi.

Ed infine, come faccio io, come tanti altri, a sapere queste cose se non fossimo quei Nobili, giusti e puri?! Certo, non siamo perfetti, perchè siamo umani e mortali come tutti, ma difendiamo la nostra anima ed il nostro essere; ci battiamo ancora per quei principi e quei valori quasi distrutti...

Mi batterò sempre per la Nobiltà d'animo, per i sentimenti, per i valori... Per sensibilizzare questa Umanità a tornare tale, e sarebbe bello fosse in nome di "Libertalia", di quegli uomini giusti che vissero un tempo lontano per non essere dimenticati e per non aver lottato invano...

In fondo è come dovrebbero, in realtà, essere capaci di coisistere i vari popoli della Terra l'un con l'altro...

- LA PIRATESSA, CAPITAN TEMPESTA -

copyright dell'immagine: La Piratessa Capitan Tempesta

copyright dell'immagine: La Piratessa Capitan Tempesta

immagine da fonte internet.

immagine dal web, fonte internet.

* * *

Vi lascio con la biografia di alcuni dei più celebri Capitani Pirata della storia.
Inoltre, a seguire trovate "miti e leggende", canzoni di pirati, ed espressioni tipiche piratesche...

CAPITANO WILLIAM KIDD

IL CAPITANO KIDD E IL TESORO NASCOSTO
La storia di un pirata leggendario e delle sue scorrerie
di Luigi Buonanno

Era l'8 maggio 1701. Sul molo delle esecuzioni di Londra, dieci uomini, dieci pirati, membri dell'Adventure Galley stavano per essere giustiziati. Il molo era colmo di gente, in migliaia ad assistere all'evento, il porto era pieno zeppo di navi, le quali erano straripanti di persone.
Tutti in attesa dell'impiccagione. La voce era girata e la lunga attesa era ormai finita.

Di sicuro qualcuno tra la folla si sarà chiesto il perché di tutto questo clamore. Il perché di tutta questa gente ad assistere ad un ormai comune evento di quel periodo?
Probabilmente perché non era un comune evento. Tra quei dieci uomini c'era il leggendario capitano Kidd.

Attualmente le persone accomunano la pirateria ad una cosa fantasiosa, non veridica. Di storie inventate e ingrandite come spunti per favole, film, racconti e quant'altro. Gran parte della colpa è proprio del capitano Kidd, il quale diede vita a numerose storie su tesori nascosti, per confondere le idee degli altri pirati e soprattutto per sviarli su isole che non intralciavano i suoi interessi. In realtà molte cose sono davvero accadute, documenti e testimonianze scritte lo confermano, anche se il mistero più grande riguarda proprio il tesoro da lui nascosto.

Figlio di un ministro presbiteriano, William Kidd nacque intorno al 1645 a Greenock, porto scozzese nei pressi del fiordo di Clyde. Della sua adolescenza si conosce prevalentemente poco, ma il suo primo tentativo di imbarcarsi avvenne già da adolescente e nel 1689, divenne capitano di una nave corsara che trafficava nei Caraibi.

Alcuni mesi dopo, mentre si trovava al comando della nave pirata Blissed William, decise di unirsi alla flottiglia del capitano Heweston della prestigiosa Royal Navy, che mise a ferro e fuoco l'isola francese di Marie Galante. Senza volerlo, si ritrovò in un'epica battaglia al fianco delle navi britanniche contro cinque navi da guerra spagnole al largo dell'isola St Martin. Kidd non si è mai considerato un pirata, come ripetutamente affermava anche nei processi, ma i suoi uomini della Blessed William non erano dello stesso interesse. Mentre lui era interessato a combattere per il proprio paese, i suoi uomini, subito dopo aver gettato l'ancora nell'arcipelago delle St Kitts and Nevis, s'impossessarono della nave e di corsa salparono senza di lui. Rimasto sull'isola di Nevis, il governatore della colonia britannica fu molto grato per le sue azioni patriottiche, tanto da donargli un vascello francese, ribattezzato poi col nome Antigua.

Nel 1691, con la stessa nave, giunse a New York. Il 16 maggio di quello stesso anno, sposò la benestante vedova Sarah Oort, per poi trasferirsi in un'elegante casa all'estremità meridionale di Manhattan (nell'attuale quartiere Coney Island), vicino le banchine del vecchio porto. Per quattro anni Kidd coltivò l'interesse per gli affari, creandosi molte amicizie nell'ambito della politica e non solo, ma nonostante questo, non abbandonò le sue azioni corsare. Nel 1695, infatti, stanco della moglie, salpò per l'Inghilterra, nella speranza di accumulare una grossa fortuna con le sue solite spedizioni pirata.

Giunto a Londra nello stesso anno e con l'aiuto di Robert Livingstone, un imprenditore newyorkese, si mise alla ricerca di finanziatori per una grossa spedizione corsara. Il sostegno si chiamava Lord Bellomont, membro del parlamento e sostenitore del partito liberale allora al governo. Bellomont era in cerca di denaro e di una certa fama politica, in quanto avrebbe svolto un ruolo fondamentale nella storia, infatti, da poco era stato nominato governatore del Massachussetts.

Questo fu un errore vitale da parte Kidd. Nella pirateria vigeva una legge non scritta, dove era considerata quasi un suicidio l'alleanza "sotto banco" con politici o in ogni caso immischiarsi nella politica. Fu proprio a causa di quest'ultima che il leggendario capitano si ritrovò più tardi con un cappio al collo.

Kidd, Bellomont e Livingstone, elaborarono un piano atipico per arricchire le loro tasche: formare un'associazione, comprare una potente nave da guerra e dare la caccia ai pirati che saccheggiavano i mercantili nell'Oceano Indiano, per poi rivendere le merci così recuperate ai mercanti di New York. Laddove il capitano pirata s'impegnò a comandare la nave e a reclutare pirati con il consueto sistema corsaro di "niente preda, niente paga", gli altri due si misero alla ricerca d'altri finanziatori.

La vicenda prese un'incredibile forma. Inaspettatamente, altri quattro nobili liberali furono convinti, i Lord Somers, Orford, Romney e Shrewsbury. Al quale si unirono poi il ricco mercante Edmond Harrison, e un direttore della Compagnia delle Indie orientali e insieme si recarono dall'ammiraglio per ottenere l'autorizzazione. Strano ma vero, in quell'epoca si poteva richiedere l'autorizzazione per attaccare navi corsare, a patto che una certa somma del ricavato finisse nelle mani del paese e soprattutto comprendeva l'autorizzazione ad attaccare navi di paesi nemici. In pratica si aveva l'occasione di diventare un pirata autorizzato.

In quegli anni, Inghilterra e Francia erano ancora in guerra, quindi non fu difficile ottenere una lettera di corsa che li autorizzava ad attaccare navi francesi. Il permesso non si estendeva alla cattura di navi pirata, ma il problema fu facilmente risolto grazie a una licenza del guardasigilli, ovvero Lord Somers stesso. Con questa seconda concessione, Kidd poteva dare la caccia a "pirati, filibustieri e corsari", nel documento veniva poi precisato il nome di quattro pirati in particolare: Thomas Tew, John Ireland, Thomas Wake e William Waze, in più ricercati di quel periodo.

Alla fine, l'aspetto più sorprendente dell'intera faccenda, fu che lo stesso re Guglielmo III venne persuaso a prenderne parte. Concedendo in seguito la sua approvazione formale, firmando un'autorizzazione secondo la quale i soci potevano tenere per se tutti i profitti delle imprese di Kidd.

Il vascello scelto fu l'Adventure Galley, dotato di trentaquattro cannoni. Il 10 aprile del 1696 la nave gettò l'ancora e il timoniere del Tamigi sbarcò a New York, alla ricerca dell'equipaggio da reclutare. Non fu difficile e 152 membri descritti poi come "morti di fame dal destino disperato", presero parte a quest'incredibile vicenda.

Il viaggio verso le coste africane fu molto duro, in molti si ammalarono di scorbuto e ancor di più furono coloro che morirono a causa di malattie tropicali. I sopravvissuti iniziarono a diventare irrequieti per lo scarso bottino ottenuto fin a quel momento e per di più, il caretteraccio di Kidd non fu di molto aiuto all'intero ambiente.

Il capitano fu costretto a prendere delle affrettate decisioni e neanche tanto fortunate. Nel 1697, decise di attaccare una flotta di pellegrini nei pressi del Mar Rosso, un tale attacco talaltro non era consentito dall'autorizzazione che portava con se e quindi sarebbe stato difficile poter giustificare un attacco del genere.

La flotta dei pellegrini, era scortata da tre navi europee, tra cui la Sceptre, comandata dal famoso Edward Barlow. Quest'ultimo avvistò l'Adventure Galley, battente bandiera rossa (che insieme al jolly roger rappresentava il simbolo delle navi pirata), issò la bandiera delle Compagnie delle Indie orientali e fece ciò che Kidd avrebbe dovuto fare: l'attaccò.

Il vascello di Kidd venne colpito più volte, abbandonò le speranze di conquista e si allontanò.

William Kidd, nonostante fosse considerato tra i più bravi capitani della storia della pirateria, il suo carattere non aveva una grossa fama. In molti lo consideravano un'idiota ed una testa calda. I fatti che seguiranno, saranno, infatti, rilevanti per la su sorte.

L'Adventure Galley, imbarcava acqua, le provviste scarseggiavano e l'equipaggio diventava sempre più ribelle. Kidd era disperato e addirittura decise di attaccare un piccolo mercantile battente bandiera inglese nei pressi di Malabar. Numerosi marinai del mercantile furono torturati senza motivo e Kidd dopo essersi impossessato delle provviste, costrinse il capitano del Vascello, Parker, a fargli da timoniere.

Le voci dell'attacco di Kidd alla flotta dei pellegrini e al mercantile aveva rapidamente fatto il giro tra i porti della regione. Tanto che il governo portoghese decise di inviare due navi da guerra alla ricerca dell'Adventure Galley. Almeno questa volta la fortuna fu dalla sua parte, una delle navi venne affondata e Kidd riuscì ad allontanarsi indenne. Ma arrivato alle isole Laccadive, il suo equipaggio si rilevò ancor di più piratesco. Le barche locali furono fatte a pezzi, le donne furono stuprate e gli abitati malmenati. Ovviamente anche questa notizia raggiunse la terra ferma.

Come se non basti, il 30 ottobre del 1697, Kidd discusse con il suo cannoniere, William Moore, per poi ucciderlo, aumentando così il disappunto del suo equipaggio.

Nel 1698, Kidd si impossessò di un bottino alquanto sostanzioso e una volta approdato in Madagascar, abbandonò l'Adventure Galley e prese il comando di una nave precedentemente conquistata, ribattezzandola col nome di Adventure Prize. Nell'anno che seguì, venne a sapere che il governo britannico lo aveva ormai dichiarato un pirata e quindi perseguitato dalla legge. Kidd iniziò una disperata fuga, cambiò nave, la Saint Antonio. Alla fine, decise di ritornare a New York, nel tentativo di negoziare con il suo ormai ex socio d'affari Lord Bellomont, portando con se un tesoro quasi inestimabile.

L'ormai governatore del Massachussets, giocò sporco. Fece arrestare Kidd con l'accusa di pirateria, salvaguardando così il suo ruolo politico.

William Kidd a sua insaputa era diventato una leggenda in tutta l'America del nord e in tutta la Gran Bretagna. Le sue scorribande erano diventate dei pretesti per altri pirati, di scorrerie lungo l'Oceano Indiano e quindi colpevole anche di ciò che non aveva fatto. I suoi legami politici fecero cadere i liberali in Inghilterra e di conseguenza mettendoseli tutti contro. Talaltro, il governo francese e indiano, accusarono quello inglese degli assalti fatti da Kidd ai loro mercantili, per non parlare dei vascelli inglesi stessi. Finendo senza volerlo, in un conflitto politico inglese-franco-indiano e lui era il capo espiatorio.

I liberali formarono contro di lui un processo schiacciante, con tantissimi testimoni, tra cui due membri del suo equipaggio che cercavano di salvarsi la pelle: Dundee e l'italiano Ventura. Kidd era accusato dell'omicidio di Moore, di aver saccheggiato e attaccato mercantili inglesi, francese, indiani e addirittura di un piccolo vascello armeno.

Non ebbe scampo, e insieme a lui furono accusati e riconosciuti dai testimoni altri nove membri del suo ormai striminzito equipaggio. L'8 maggio del 1701, fu impiccato sul molo di Londra davanti a migliaia di persone.

Negli anni che seguirono, Lord Bellomont mise a setaccio Gardiners Island, isola lungo la costa newyorkese, il luogo in cui Kidd e suoi più stretti uomini nascosero un tesoro che si aggirava sulle 400.000 sterline, in attesa di un'insperata risoluzione del processo. Bellomont e tutti gli uomini che cercarono senza sosta il tesoro non ebbero mai fortuna. Le ricerche proseguirono fino a Long Island e alcuni anni fa, dei ricercatori ne imitarono le gesta.

William Kidd fu una vittima delle circostanze, della sfortuna, delle alleanze sbagliate e soprattutto di un carattere non carismatico.

Almeno ha avuto la soddisfazione, anche se da morto, di aver vinto la sua battaglia... il suo tesoro non è mai stato trovato.

HENRY MORGAN

Henry Morgan era il figlio maggiore di Robert Morgan (nato forse nel 1615), un fattore di una località nei pressi di Cardiff, in Galles, discendente di un ramo cadetto dei 'Tredegar Morgans', gli zii di Henry, Thomas e Edward. Il primo servì nelle Commonwealth forces durante la Guerra Civile Inglese (1642-1649), fu governatore di Gloucester, combatté nelle Fiandre e nel 1665 divenne governatore di Jersey; Edward (circa. 1615-1665). Realista durante la Guerra Civile, fuggì nel continente e sposò Anna Petronilla, figlia del barone von Pöllnitz, governatore di Lippstadt, fu nominato Vice Governatore della Giamaica nel periodo 1664-65. In quel periodo il nipote Henry si trasferì anch'egli nella Americhe: una voce del Bristol Apprentice Books relativa agli "Addetti alle Piantagioni Straniere" del 9 febbraio 1655, recitava "Henry Morgan di Abergavenny, Operaio, legato a Timothy Tounsend di Bristol, coltellaio, per tre anni, a servire nelle Barbados alle seguenti condizioni."

Non esistono notizie di Morgan prima del 1655. Successivamente egli affermò che aveva abbandonato presto la scuola e che era "più aduso alla picca che ai libri". Alexandre Exquemelin, il medico di Morgan a Panama affermò che aveva un contratto di lavoro alle Barbados. Successivamente Morgan fece causa agli editori per il libello e fu risarcito con duecento sterline. Exquemelin fu costretto a ritrattare la sua affermazione. Nelle successive edizioni quella affermazione non comparve più.

Exquemelin affermò che Morgan era arrivato in Giamaica nel 1658 e si era costruito da solo "fama e fortuna con il suo valore". Versioni recenti della sua vita riportano che, nonostante la sua scarsa esperienza come marinaio, Morgan era giunto nei Caraibi per prendere parte al cosiddetto "Progetto Occidente", il piano di Cromwell di invadere

Hispaniola. La prima battaglia a Santo Domingo fallì. La flotta si spostò quindi in un'isola vicina, sette volte più piccola, chiamata dagli indigeni Xaymaca, la "terra del legno e dell'acqua". Questa volta gli inglesi invasero e conquistarono l'isola. Anche se fu una conquista di ripiego, la Giamaica si rivelò un bottino di tutto rispetto, data la sua posizione al centro del Mar dei Caraibi. L'isola avrebbe svolto un ruolo centrale nella guerra dei mari, che da oltre un secolo opponeva Spagna e Inghilterra.

Suo zio Edward Morgan era Vice Governatore della Giamaica dopo la Restaurazione di Carlo II d'Inghilterra nel 1660. Henry Morgan sposò la figlia dello zio, Mary. Morgan fu chiamato "Capitano Morgan" che entrò a far parte della flotta di Christopher Myngs nel 1663. fece parte della spedizione John Morris e Jackmann quando presero gli insediamenti spagnoli di Vildemos in Messico (sul fiume Tabasco); Trujillo, (Honduras) e Granada, in Nicaragua.

Verso la fine del 1665 Morgan ebbe il comando di una nave nella spedizione di Edward Mansfield, corsaro agli ordini di Sir Thomas Modyford, governatore della Giamaica. Conquistarono le isole di Providencia e Santa Catalina, in Colombia. Quando Mansfield fu catturato dagli spagnoli e giustiziato subito dopo, i corsari elessero Morgan loro ammiraglio.

Agli ordini di Mansvelt

Nel 1661, il Commodoro Christopher Mings affidò a Morgan il suo primo comando come capitano di una nave e Morgan giocò un ruolo chiave nel Sacco di Campeche del 1663. Continuò a saccheggiare le coste del Messico sotto Lord Windsor nel 1665. Allorché Lord Windsor, governatore della Giamaica, rifiutò di fermare gli attacchi dei pirati alle navi spagnole, la Corona lo sollevò dall'incarico eleggendo al suo posto Sir Thomas Modyford. Benché Modyford giurasse fedeltà alla Corona, egli divenne un elemento fondamentale delle spedizioni di Morgan andando contro la parola del re e fornendo a Morgan lettere di corsa per attaccare navi e insediamenti spagnoli. Modyford fu inizialmente nominato governatore delle Barbados per la sua lealtà e per i suoi servigi a Re Carlo II durante la Guerra Civile Inglese e per le sue relazioni familiari con il Primo Duca di Albemarle, ma fu poi rimosso dal suo incarico. Modyford fu quindi nominato governatore della Giamaica nel tentativo di salvargli la dignità. Questo, oltre alla sconfitta dei Realisti a Worcester, ridusse la lealtà di Modyford alla corona. Da governatore, Modyford ebbe l'incarico di richiamare tutti i pirati e i corsari delle indie Occidentali perché l'Inghilterra e la Spagna erano temporaneamente in pace. Tuttavia, la maggior parte di questi bucanieri, Henry Morgan compreso, rifiutarono il rientro o non ricevettero l'ordine di rientro.

Quando Morgan fece infine ritorno, Modyford aveva già ricevuto lettere dal Re d'Inghilterra di costringere tutti i pirati a rientrare in porto. Modyford scelse di ignorare questi avvertimenti e continuò a rilasciare lettere di corsa perché riteneva fosse per il migliore interesse del re proteggere la Giamaica e questo era un elemento fondamentale al raggiungimento dello scopo. Dato che Modyford desiderava liberarsi della presenza olandese nei Caraibi rilasciò una lettera di corsa al Capitano Edward Mansvelt ordinandogli di radunare una flotta di 15 navi con a bordo circa 500-600 uomini. Questi era appena tornato da una edizione al largo delle coste messicane, dove aveva catturati diverse navi al largo di Campeche, Morgan fu nominato vice ammiraglio della flotta. Mansvelt ricevette l'ordine di attaccare l'insediamento olandese di Curaçao, ma non appena la ciurma fu in mare aperto fu deciso che Curaçao non era abbastanza redditizia per i rischi connessi al suo attacco. Per questo motivo, la ciurma votò che attaccare un altro insediamento sarebbe stato più redditizio e meno rischioso. In disaccordo con questa decisione, molti bucanieri disertarono la spedizione e tornarono in porto mentre gli altri continuarono con l'Ammiraglio Mansvelt e il Vice Ammiraglio Morgan verso l'attacco all'isola spagnola di Providence.

Quando la flotta di Morgan e Mansvelt arrivò a Providence, gli Spagnoli erano impreparati. Incapaci di organizzare una difesa, gli Spagnoli si arresero con tutti i loro forti. Mansvelt e Morgan decisero spietatamente di distruggere tutti i forti tranne uno. I bucanieri si stabilirono in città e depredarono tutti i beni mentre Morgan e Mansvelt facevano vela verso la Costa Rica. Alla fine, scorsero una caravella spagnola all'orizzonte e decisero di far rientro in Giamaica per radunare rinforzi così che l'Isola di Providence potesse diventare un'isola abitata e gestita da pirati. Come segno di benevolenza verso i pirati, Modyford nominò suo fratello, Sir James Modyford, governatore di Providence. Nella mente di Mansvelt, l'idea di un insediamento gestito da pirati era brillante. Tuttavia, lui e Modyford trascurano la vera essenza dei pirati: un pirata non è un soldato disciplinato e preparato a combattere le migliori armate del mondo quando le armate erano preparate per loro. Piuttosto, i pirati di Mansvelt erano condizionati a assaltare una città e poi andarsene. Così, il regno pirata di Providence ebbe vita breve perché l'isola venne riconquistata rapidamente dagli spagnoli. Dopo questa spedizione, Modyford fu ancora una volta ripreso dal re d'Inghilterra che chiese ancora una volta il richiamo di tutti i pirati e corsari. E ancora una volta Modyford refiutò.

Avendo avuto sentore che gli Spagnoli pianificavano di attaccare la Giamaica per rappresaglia al saccheggio di Providence, Modyford fornì un nuovo mandato ai bucanieri. questa volta direttamente a Morgan. Obiettivo era di fare prigionieri cittadini spagnoli allo scopo di proteggere l'isola di Giamaica. Modyford si servì della scusa di proteggere l'influenza del Re sulle Americhe, ma si trattava semplicemente di una scusa per il suo progetto personale di far denaro e mantenere il posto di Governatore della Giamaica. Ciononostante, Morgan radunò una flotta di 10 navi in un modo piuttosto diverso da quello di solito adottato dalla maggior parte degli ammiragli a quel tempo. Invece di mandare un proclama per attirare i bucanieri disponibili della regione, Morgan salpò verso i luoghi dove era più probabile trovare dei pirati. Quando arrivò in questi porti, indossò abiti si seta, oro e gioielli, per apparire estremamente ricco. Ciò attirò più adepti intorno al lui. Il passaparola gli procurò 500 dei migliori pirati della zona.

Puerto Principe: primo comando indipendente[modifica | modifica wikitesto]
Nel 1667, Modyford incaricò Morgan di catturare dei prigionieri spagnoli a Cuba per svelare i dettagli del minacciato attacco alla Giamaica. Con 10 navi e 500 uomini, Morgan sbarcò sull'isola di Hispaniola e catturò e saccheggiò Puerto Principe (Camagüey).

Modyford pressoché immediatamente affidò a Morgan un'altra spedizione contro gli Spagnoli. Il gallese procedette a distruggere le coste di Cuba. In una riunione tenuta da Morgan prima della partenza, egli aveva proposto di attaccare l'Avana. Per quanto questo suggerimento dimostrasse la sua arroganza, dopo molte discussioni fu deciso che gli uomini non erano sufficienti per prendere l'Avana e Puerto Principe venne scelta come preda alternativa. mentre era in caccia delle navi spagnole, la flotta di Morgan fu investita da forti burrasche che la spinsero sulle coste meridionali dell'odierna Cuba, esattamente dalla parte opposta al punto in cui avrebbe dovuto sbarcare. A causa del *terribile viaggio, gli uomini di Morgan si ritrovarono con poco cibo e poca acqua e furono costretti a sbarcare sulle coste meridionali per fare provviste invece di continuare verso le coste settentrionali di Cuba.*

Una volta sbarcati, la ciurma incontrò un equipaggio francese anch'esso spiaggiato ed in cerca di provviste cosicché si decise di procedere insieme. Un prigioniero spagnolo che Morgan teneva come ostaggio fuggì e riuscì ad avvertire i cittadini di Puerto Principe dell'imminente attacco. I cittadini rapidamente abbandonarono la città portandosi dietro i propri averi, lasciando poca roba per i bucanieri. Dopo aver perlustrato la città e torturato i residenti per spremere loro informazioni sul nascondiglio dei loro beni, la flotta di Morgan riuscì a racimolare soltanto 50.000 pezzi da otto, assolutamente insufficienti a pagare i debiti che i bucanieri avevano contratto in Giamaica. Per questo motivo decisero di procurarsi un bottino più ricco prima di far rientro a Port Royal.

Attacco a Portobello

Morgan e i suoi uomini decisero di attaccare una città con notevoli tesori, Portobello, nell'odierna Panama che allora era la terza più importante città spagnola del Nuovo Mondo, il che ne faceva un obiettivo scontato per i bucanieri. Inoltre, Portobello era considerata il centro del commercio spagnolo nelle Americhe, dato che i suoi depositi contenevano beni e valori di molti ricchi mercanti. Data la sua enorme concentrazione di ricchezze era notevolmente protetta da tre forti spagnoli.

Tuttavia, l'equipaggio francese rifiutò di prendere parte alla spedizione perché non andavano d'accordo con quello inglese di Morgan. In base a un resoconto, ci fu una disputa tra un marinaio inglese e francese durante il saccheggio di Porto Principe che essi decisero di risolvere con un duello. Tuttavia, l'inglese accoltellò il francese alla schiena prima dell'inizio del duello. I Francesi chiedevano vendetta ma Morgan li placò mettendo il colpevole in catene e promettendo di fare giustizia in Giamaica. Di ritorno in Giamaica, Morgan mantenne la parola e fece impiccare il colpevole. Ciononostante, i Francesi pensarono che Morgan li volesse ingannare lasciandoli fuori dalla spartizione del bottino. Ciò avrebbe rovinato la reputazione della maggior parte dei pirati ma non quella di Morgan, che fece vela per saccheggiare Portobello con la sua flotta originale di 10 navi e 500 uomini.

Allorché la flotta raggiunse l'insediamento della costa settentrionale del Sudamerica, i bucanieri trovarono le fortezze molto minacciose. Per questo motivo, Morgan pronunciò un discorso di incitamento in cui prometteva ai marinai oro e argento ricordando che gli Spagnoli non sapevano della loro presenza. Al tramonto del sole, le navi iniziarono a far vela verso Puerto do Naos, da dove un fiume li avrebbe portati fino a Portobello. In possesso di informazioni fornite da un prigioniero, i bucanieri riuscirono a prendere di sorpresa il primo forte. Gli uomini d'arme di Morgan attaccarono i soldati di presidio al forte, alcuni ancora addormentati nei loro letti. Gli uomini di Morgan furono invece accolti da un pesante fuoco di sbarramento dal secondo forte ma riuscirono lo stesso a catturarlo scalando le mura ma perdendo molte vite umane. Tuttavia, i bucanieri ritennero di aver preso i primi due forti facilmente e si accanirono sul terzo permettendo infine di impadronirsi della città.

Non molto tempo dopo, gli Spagnoli contrattaccarono nel tentativo di proteggere le loro ricchezze e il loro centro commerciale, ma i bucanieri erano preparati alla battaglia e Morgan organizzò un'imboscata della flotta in uno stretto passaggio. Dopo aver sconfitto la più potente flotta spagnola, Morgan ed i suoi uomini rimasero a Portobello per due mesi, nel corso dei quali si impadronirono di tutte le ricchezze che poterono trovare e chiesero un riscatto agli spagnoli per la salvezza della città e dei cittadini. Solo con i riscatti, Morgan guadagnò circa 100.000 pezzi da otto per un totale di 200.000 pezzi di otto. In una premonizione dei futuri successi di Morgan, il Governatore di Panama gli inviò un messaggio chiedendogli come avesse fatto a cacciare gli spagnoli dalla loro città con una forza così ridotta. Il messaggio era accompagnato da un anello di smeraldi e dalla richiesta di non attaccare Panama. Per tutta risposta, Morgan inviò al governatore una pistola come esempio delle armi usate per catturare Portobello e un messaggio nel quale lo informava che intendeva andare a riprendersi la pistola da lui a Panama. Subito dopo, l'Inghilterra inviò a Port Royal la HMS Oxford (come dono per proteggere Port Royal). Port Royal la diede a Morgan per favorire la sua carriera.

Modyford era già stato avvisato di richiamare i suoi pirati, e il suo recente incarico a Morgan lo aveva di nuovo posto sotto pressione da parte della Corona. Modyfors denunciò ufficialmente gli attacchi della città, dicendo che approvava soltanto gli attacchi alle navi. Tentò di giustificare l'incarico conferito a Morgan sottolineando le voci di una possibile invasione spagnola della Giamaica. Tuttavia, egli non credeva che riferire semplicemente una voce su un possibile attacco sarebbe stato sufficiente a salvargli posto e dignità, sicché decise di tentare di provocare gli Spagnoli ad attaccare effettivamente la Giamaica. Anche se sembrava illogico, Modyford sperava di coprire l'incarico conferito a Morgan conferendogliene un altro. Morgan fu nominato quindi dal governatore "Comandante in Capo di tutte le navi da guerra" della Giamaica.

Nel 1659 divenne bucaniere, compiendo il primo saccheggio a Santiago de los Caballeros (Repubblica Dominicana), e partecipò a varie spedizioni nelle Antille contro gli Spagnoli. Cinque anni dopo ricevette la lettera di corsa nell'isola di Giamaica: suo zio Edward, vicegovernatore di Port Royal, gli regalò una nave di 50 tonnellate con la quale fino al 1666 compì diverse imprese. Edward Mansfield lo volle nella sua flotta, ma Morgan abbandonò durante la prima missione.

Il governatore della Giamaica Thomas Modyford gli affidò varie missioni ancora contro gli Spagnoli: nel 1668 saccheggiò Puerto Principe (Cuba) e Portobello (Panama) e un anno dopo Cartagena e Maracaibo. I saccheggi proseguirono anche nel 1670 tra Panamá e la "Isola de Providencia e Santa Catalina" (Colombia), conquistata nonostante la "guerra di corsa" fosse stata dichiarata illegale dal Trattato di Madrid del 1526. Una base per le azioni contro le coste della Nuova Granada e il Venezuela si trovava nella Isla La Tortuga.

Nel 1670 Morgan ebbe il comando della flotta militare della Giamaica, ma nel 1671, a pace conclusa, venne arrestato e condotto a Londra: l'arresto fu quasi sicuramente un'esigenza diplomatica, perché l'anno dopo fu liberato per intervento di Carlo II e nominato vicegovernatore della Giamaica. Lord Richard Vaughan, Lord Lieutenant della contea di Glamorgan, lo incaricò di incoraggiare la pirateria.

Nel 1675 Morgan iniziò a combattere la pirateria, procedendo alla cattura di molti dei suoi ex compagni. Queste operazioni gli consentirono di arricchirsi e divenire potente, fino ad essere nominato nel 1680 governatore della Giamaica e stabilirsi in quello che fu il suo quartier generale di sempre: la base di Port Royal. La sua carriera politica però durò poco: nel 1683 venne escluso dal Consiglio della Colonia e sospeso da ogni funzione.

Morì per cirrosi epatica a Port Royal alle ore 11 del 25 agosto 1688 e venne sepolto nel cimitero di Palisadoes con funerali grandiosi. Pochi anni dopo la morte di Morgan, il cimitero di Palisadoes fu sommerso da un violento uragano e ancora oggi si trova sul fondo del mare.

Eredità culturale
Lo scrittore Emilio Salgari, autore di romanzi d'avventura, ha fatto di Morgan il luogotenente del celebre Corsaro Nero e, nel romanzo Jolanda, la figlia del Corsaro Nero, lo rappresenta come protagonista insieme alla figlia del suo antico capitano, che poi sposerà alla fine del racconto. Nel film del 1976 diretto da Sergio Sollima dedicato al personaggio salgariano (Il corsaro nero) Morgan è interpretato da Angelo Infanti.

Laird Cregar nel ruolo di Henry Morgan nel film Il cigno nero (1942)
La prima opera di John Steinbeck, La santa rossa (Cup of Gold, 1929), è una breve biografia romanzata di Henry Morgan. L'opera si concentra sulle motivazioni e sui meccanismi mentali alla base del perseguimento violento di fini ora materiali ora psicologici.

Nel film Il cigno nero di Henry King (1942) uno dei personaggi principali è Henry Morgan, perdonato dalla Corona e diventato governatore. Il suo ruolo è interpretato da Laird Cregar.

Nel 1960 Primo Zeglio girò il film Morgan il pirata ispirato al leggendario pirata e interpretato dal "re del peplum" Steve Reeves.

Il calciatore Francesco Morini era chiamato Morgan per la sua abilità nel depredare gli avversari del pallone, proprio come un pirata.[1]

Il cantante italiano Morgan, al secolo Marco Castoldi, ha scelto il suo nome d'arte in onore del corsaro.

La power metal band scozzese Alestorm ha dedicato il suo album di debutto nel 2008 al corsaro intitolandolo Captain Morgan's Revenge ("La vendetta del Capitano Morgan").

Nel film La maledizione della prima luna e nel suo secondo seguito Pirati dei Caraibi - Ai confini del mondo, Morgan è uno degli autori del "Codice dei pirati" o "Codice della Fratellanza" insieme a Bartholomew Roberts, noto come "Black Bart".

Il rum Capitan Morgan è ispirato a questo leggendario pirata.

Nel manga One Piece il personaggio Morgan mano d'ascia è ispirato a Henry Morgan.

CAPITANO BARTHOLOMEW ROBERTS
"BLACK BART" o " BART IL NERO"

Le origini

Nato nel piccolo villaggio di Casnewydd-Bach, tra Fishguard ed Haverfordwes nel Pembrokeshire, Galles, il suo nome di battesimo era John Roberts. Non sono certi i motivi del cambiamento del nome, ma è probabile che la scelta di Bartholomew fosse stata fatta in onore del celebre bucaniere Bartholomew Sharp. È probabile che si sia avventurato in mare all'età di soli tredici anni, ovvero nel 1695, ma di lui non si hanno notizie fino al 1718 quando lo troviamo registrato tra l'equipaggio di uno sloop nelle Barbados. Nel 1719 è registrato come ufficiale in terza a bordo di una nave di schiavi di nome Princess proveniente da Londra, al comando di un certo Capitano Abraham Plumb. Ai primi di giugno di quello stesso anno, mentre la nave era ancorata ad Anomabu, lungo la Costa d'Oro africana, venne catturata dai pirati. L'imbarcazione fu assalita da due navi, la Royal Rover e la Royal James, entrambe sotto la guida del Capitano Howell Davis.

Il pirata
La sua carriera di pirata iniziò piuttosto tardi all'età di trentasette anni quando, imbarcato sulla nave negriera Princess of London, fu fatto prigioniero dal pirata Howell Davis ad Anomabu sulla costa del Ghana. Unitosi ai pirati, Roberts nel giro di sei settimane fu eletto capitano del vascello Rover dopo la morte del Capitano Davis avvenuta nei pressi dell'isola di El Principe.

La sua attività non consisteva nei soli abbordaggi di mercantili. Nel 1720 Bartholomew Roberts, dopo aver appreso che a Nevis erano stati giustiziati alcuni pirati, si diresse verso il vicino porto di Basseterre incendiando alcune navi e offrendo una taglia sui funzionari responsabili perché fossero essi stessi giustiziati. Successivamente, in occasione dell'attacco ad una nave francese, catturò il governatore della Martinica che pagò con l'impiccagione a un albero della propria nave il fatto d'aver fatto giustiziare dei pirati.

Dopo aver pesantemente colpito i commerci sulla rotta delle Indie nel 1721, il 10 febbraio dell'anno successivo Roberts fu ucciso sulla sua nave ammiraglia, la Royal Fortune, durante uno scontro al largo di Cape Lopez, in Gabon. Fu un colpo di cannone alla gola ad ucciderlo mentre stava combattendo personalmente contro Chaloner Ogle, capitano della nave da guerra Swallow inviata a combattere la pirateria nell'Africa Occidentale. I suoi compagni, esaudendo le volontà del loro capitano, riuscirono a gettare in mare il suo corpo prima che fosse catturato.

Dal 1719 al momento della cattura l'equipaggio di Black Bart aveva catturato 456 vascelli.

Il processo
Inizia il 28 marzo 1722 presieduto da un tribunale speciale istituito ad hoc presso il castello di Cape Coast (Ghana), una fortezza per la tratta degli schiavi, il tribunale comprendeva il capitano Herdman comandante dalla nave Weymouth come presidente della corte e come commissari: James Phipps generale della costa, Edward Hyde segretario della Royal Africa Company, i mercanti Francis Boye e Henry Dodson ed i tenenti di vascello Barnsley e Fanshaw (chiamati per raggiungere il numero legale di sei commissari), il capitano Ogle in qualità di artefice della cattura non entrò nella giuria.

I capi d'accusa erano due. Primo, associazione criminale contro i commerci dei sudditi di sua maestà. Secondo, attacco alla nave Swallow della Royal Navy. Il processo fu veloce grazie ad un numero enorme di testimoni per lo più membri dell'equipaggio della Swallow; per assicurare un processo equo venne fatto scarso uso del linguaggio tecnico legale. Le prime esecuzioni furono avviate già il 3 aprile ed entro il 20 aprile furono eseguite tutte le condanne a morte per un totale di 52. 17 condannati scontarono la pena al carcere di Marshalsea, altri ancora furono assolti per aver provato di essere stati costretti a collaborare con i pirati sotto minaccia.

Influenze sulla cultura di massa[modifica | modifica wikitesto]
Roberts viene citato da Long John Silver nel celebre romanzo L'isola del tesoro.

Più recentemente ha ispirato il personaggio di Orso Bartholomew nel manga One Piece.

Nel film La maledizione della prima luna e nel suo terzo seguito Pirati dei Caraibi - Ai confini del mondo Bartholomew viene rappresentato come uno degli autori del codice dei pirati insieme a Henry Morgan.

Roberts viene anche citato nel libro La storia fantastica, come causa della morte del protagonista Wesley; in seguito si scopre che "Roberts" è un titolo che il capitano precedente conferisce ad un membro della ciurma che si è particolarmente distinto, e anche Wesley stesso ne assume l'identità.

Una blanda citazione di "Black Barty" viene effettuata anche nell'episodio Emily Lake (seconda parte) della terza stagione della serie televisiva WareHouse 13, (SCIFI), dove un cannone appartenente al pirata, con una enorme potenza e gittata, potrebbe minacciare il Warehouse 13.

È uno dei personaggi più importanti di Assassin's Creed IV: Black Flag, dove si scopre che lui è un "Saggio".

Il gruppo speed metal tedesco Running Wild ha inserito una canzone intitolata "Black Bart", dedicata a Roberts, nel suo album Rapid Foray pubblicato nel 2016.

CAPITANO EDWARD TEACH "BARBANERA"

Edward Teach, detto Barbanera
Edward Teach, meglio noto come Barbanera (1680 circa – 22 novembre 1718), fu un celebre pirata britannico, che ebbe il controllo del Mar dei Caraibi per un breve periodo fra il 1716 e il 1718, durante la cosiddetta età d'oro della pirateria.
L'uomo, il pirata, il Barbanera

Per via delle leggende nate intorno a questo terribile pirata, il suo nome è molto discusso e tutt'ora ignoto: si da per buono che sia Teach, ma alcune versioni lo riportano come Drummond, Thatch o Tirsch.
Egli fu anche un "amatore di donne": si sposò 14 volte, e la sua ultima moglie aveva appena 16 anni.
Fra le sue imprese, si annoverano più di 140 navi catturate da lui e dal suo equipaggio: impresa eccezionale anche per il più agguerrito dei pirati.

Il suo ingresso nella pirateria fu forse sulle navi corsare giamaicane che combattevano per mare contro i francesi. Nel 1716 si alleò con Benjamin Hornigold, con il quale assaltò circa 20 navi in 18 mesi. Si impossessò in particolare di un vascello proveniente dalla Guiana francese, il Concorde, per ribattezzarlo Queen Anne's Revenge. Oltre ad arrembare le navi in alto mare, Barbanera assaltò porti in diverse regioni. Nel1718 assediò il porto di Charleston nella Carolina del Sud; in quell'occasione catturò un amministratore della città con il figlio di quattro anni e chiese come riscatto un baule di medicine. All'epoca, infatti, era raro trovare medici specializzati a bordo delle navi, anche se portarsene uno appresso sarebbe stata indubbiamente una buona idea, vista la qualità della vita del tempo e, in particolar modo, dei pirati.

La leggenda

Aveva fama di essere uno dei pirati più feroci, e alla sua immagine e alle sue imprese (reali e leggendarie) si deve in gran parte lo stereotipo del "pirata cattivo" nella cultura. I suoi modi terrorizzavano le sue vittime ma anche lo stesso equipaggio; si dice che usasse sparare con la pistola alle gambe dei suoi uomini come misura punitiva o semplicemente per mantenere la disciplina a bordo. In una occasione avrebbe fatto riempire con fuoco e zolfo la stiva della sua nave allo scopo di creare un'atmosfera infernale, e avrebbe sfidato i suoi a una gara di resistenza in mezzo al fumo (ovviamente vincendo). Si dice che bevesse rum mischiato con polvere da sparo e che la sua barba fosse così lunga che egli se la attorcigliava attorno alle orecchie; che quando andava in battaglia si mettesse dei pezzi di miccia accesi sotto il cappello in modo da essere sempre avvolto da una fitta nuvola di fumo (particolare che rendeva il suo aspetto al tempo stesso bizzarro e spaventoso). I cronisti dicono che Barbanera "durante le azioni indossava una fascia intorno alle spalle con appese tre paia di pistole nelle loro fondine a mo' di bandoliera".

Nel 1718 Edward rifiutò l'amnistia offertagli dal governatore di Nassau.

La fine del mito

Il governatore della Virginia Alexander Spotwood ordinò al tenente di vascello della Marina inglese Maynard, cacciatore di pirati, di catturare Barbanera, vivo o morto. A bordo della nave da guerra Pearl, Maynard raggiunse Barbanera il 21 novembre del1718, nell'insenatura di Ocracoke, e riuscì a ucciderlo dopo una sanguinosa battaglia.
Si racconta che Barbanera non morì prima di aver subito 25 ferite, di cui 5 da arma da fuoco, e che il suo corpo fece tre volte il giro della nave prima di inabissarsi. La testa mozzata del pirata venne infissa sulla punta del bompresso della Pearl.

Uomo spaventoso, leggendario, il più cattivo dei pirati, modello ideale e utopia per ogni bucaniere.

-Capitano Falkenburg

JACK RACKHAM - "CALICO JACK"

"Calico" Jack Rackham

John Rackham (Bristol,21 dicembre1628 –Santiago de la Vega, 17 novembre 1720) è stato un pirata britannico. Conosciuto come "Calico" Jack, è noto per avere riadattato il Jolly Roger, la bandiera pirata per eccellenza; la sua consisteva in un teschio con due sciabole incrociate sotto, che le conferivano un tono ancora più minaccioso.

Il suo nome derivava dal tessuto calicò degli abiti che era solito indossare. John Rackham è anche noto per aver avuto nella sua ciurma due delle più famose piratesse del suo tempo: Anne Bonny e Mary Read.

La carriera di "Calico" Jack Rackham iniziò a bordo della Nettuno, una nave da guerra capitanata da Charles Vane. Il capitano non era un pirata, ma quando si rifiutò di attaccare una nave francese, l'equipaggio si ammutinò nominando Jack nuovo capitano.

Rackham attaccò la nave e ne saccheggiò il bottino, cominciando così, almeno dal punto di vista di un pirata, la sua carriera sotto i migliori auspici.

Carriera come pirata

Jack chiese il perdono del re, ritirandosi a New Providence. Qui si innamorò di Anne Bonny, piratessa anche lei, e quando la loro relazione diventò pubblica, il governatore di New Providence minacciò di farla arrestare per adulterio. Allora i due rubarono uno sloop (Cioé un'imbarcazione a vela dotata di un solo albero) e fuggirono.
Jack temeva che gli uomini dell'equipaggio si rifiutassero di navigare con una donna a bordo poiché si diceva che portasse sfortuna. Si dice che Anne da quel giorno prese il nome di "Adam Bonny" continuando da quel momento a spacciarsi e a vestirsi come uomo. Curiosamente, divenne ben presto uno dei membri più rispettati dell'equipaggio...

Dopo diversi saccheggi alle Bahamas, il Governatore locale decise di inviare una armata per catturare Jack ma questi riuscì comunque a fuggire. In seguito venne catturato da una nave spagnola assieme al suo equipaggio. Riuscì nuovamente a fuggire, cercando rifugio in Giamaica. Qui catturò diverse navi da pesca e uno sloop.

Capitan Barnet, cacciatore di pirati

La carriera di Rackham fu fermata da questo cacciatore di pirati, inviato dal goernatore della Giamaica, il quale svolse egregiamente il suo lavoro.
A seguito di un sommario processo, "Calico" Jack e il suo equipaggio vennero tutti giustiziati a Santiago de la Vega, in Giamaica, il 16 novembre 1720 tramite impiccagione, all'infuori di Mary Read e Anne Bonny, che non furono impiccate perché in gravidanza.

Egli fu dunque un pirata più vicino alla mentalità dei giorni nostri, dedito a saccheggi e rapine senza curarsi del potere di terraferma.
Una leggenda narra che al patibolo era presente Anne Bonny, l'amante del pirata, che nel momento decisivo dell'impiccagione del compagno gli disse con amarezza:

"Se tu avessi combattuto da uomo, a quest'ora non ti saresti fatto impiccare come un cane!".

Questa è la storia di Rackham, che ha trovato fine dopo l'incontro con un cacciatore di pirati. Questi personaggi erano temuti anche dai più grandi bucanieri, perché appoggiati dai governatori e dotati di un potere vastissimo.

-Capitano Falkenburg

EDWARD ENGLAND

Edward England
Edward England (soprannome di Edward Seegar; Irlanda, ? – 1721) è stato un pirata inglese..
Edward fu uno dei pirati più famosi della costa africana che si affaccia sull'Oceano indiano tra il 1717 e 1720. Le sue navi si chiamavano Pearl e Fancy.
England non ebbe una vita troppo felice, né caratterizzata dal successo, ma lasciò di sicuro un segno del suo passaggio: la sua bandiera era il Jolly Roger: il drappo nero con sopra ricamato un teschio e sotto due femori (o due tibie) incrociati.
A differenza degli altri pirati del suo tempo England non uccideva i prigionieri a meno che non fosse necessario. Ciò lo condusse alla rovina, dato che il suo equipaggio si ammutinò contro di lui quando si rifiutò di uccidere i marinai della Cassandra, una nave commerciale inglese capitanata da James Macrae. Venne abbandonato nell'arcipelago delle Mauritius insieme ad altri due pirati rimastigli fedeli. I tre riuscirono a sopravvivere e con una zattera di fortuna raggiunsero il Madagascar. England ritornò quindi in Inghilterra e qui visse di stenti fino al 1721, anno della sua morte.

Riflessioni del Capitano Falkenburg (https://sites.google.com/site/ahrrrpirati/i-pirati-piu-famosi-della-storia/) su Edward England

Nonostante la sua breve carriera e la sua fine che non si addice per nulla alla fine di un pirata classico, almeno due cose hanno contraddistinto Edward England: la sua inventiva inconsapevole, nel creare un simbolo così forte per ogni pirata come il Jolly Roger, e nei suoi ferrei princìpi di "Violenza solo se necessario": indubbiamente canone non piratesco, ma che di sicuro è sintomo di un carattere deciso e fedele alle proprie convinzioni: per questo, England si rifiuta di uccidere i marinai della Cassandra.
Anche la fuga dall'isola con la zattera di fortuna rientra nel mondo mitico pirata; infatti richiama all'autosufficienza e all'ingegno, abilità forse non indispensabili all'epoca, ma di sicuro di grande aiuto per una personalità come quella di Edward.
Uomo in fondo onesto, leale, ancora oggi England è ricordato. Purtroppo, però, era troppo inadatto ai canoni dei pirati dell'epoca per poter fare carriera come malvivente.

-Capitano Falkenburg

FRANCIS DRAKE

Francis Drake
Sir Francis Drake (Tavistock, 1540 – Panama, 28 gennaio 1596) è stato un corsaro, un navigatore e infine un politico inglese. Fu il primo inglese a circumnavigare il globo, dal 1577 al 1580 e fu insignito del titolo di cavaliere al suo ritorno dalla regina

Elisabetta I. Fu il comandante in seconda della flotta inglese che sconfisse la Armada Spagnola nel 1588.
Durante le sommosse cattoliche del 1549, la famiglia fu costretta a fuggire nel Kent. All'età di circa 13 anni Francis prese il mare su una nave mercantile, diventando comandante della nave all'età di 20 anni. Passò gli inizi della sua carriera affinando le sue qualità di manovrare nelle acque difficili del Mare del Nord e infine, dopo la morte del capitano per il quale egli comandava, divenne comandante di un'imbarcazione di proprietà. All'età di 23 anni Drake compì i suoi primi viaggi nel Nuovo Mondo sotto le vele della famiglia Hawkins di Plymouth, in compagnia di suo cugino, Sir John Hawkins. Famosa anche la spedizione da lui guidata con la nave Paffal in America del Sud.

In seguito all'attacco di Cadice e le sue imprese nel Mar dei Caraibi spagnolo, Drake si guadagnò il soprannome di El Draque ("Il dragone"), che è la diretta traduzione del suo cognome.

Drake e l'inizio della carriera
La più celebrata avventura di Drake nei Caraibi fu la cattura del convoglio spagnolo che trasportava argento a Nombre de Dios nel marzo del 1573. Con un equipaggio che comprendeva diversi corsari francesi e Cimaroni (schiavi africani che erano scappati dagli spagnoli), Drake fece incursioni nelle acque intorno a Darien (nell'odierna Panama) e individuò la carovana dell'argento nel vicino porto di Nombre de Dios. Razziò una fortuna in oro, ma dovette rinunciare ad un'altra fortuna in argentp perché era troppo pesante per essere riportata in Inghilterra. Fu durante questa spedizione che divenne il primo inglese a vedere l'Oceano Pacifico. Quando Drake ritornò a Plymouth il 9 agosto 1573, soltanto trenta inglesi, di quelli che con lui erano partiti, ritornarono con lui, ma ogni sopravvissuto era divenuto ricco per il resto della sua vita.

Abile comandante, riuscì ad ammassare una fortuna e al contempo evitare l'ammutinamento dell'equipaggio, rendendoli partecipi del bottino. Era ben organizzato, e cosa più importante, si muoveva sotto il vessillo della bandiera inglese, che gli garantiva, tramite lettera di corsa, l'immunità legale, almeno entro i confini inglesi. La sua onestà e condotta furono, per il tempo e per il luogo, esemplari: non aveva alte convinzioni come Edward England, ma non si era nemmeno gettato allo sbaraglio come "Calico" Jack Rackham; sicuramente, per questo, un personaggio esemplare.
Più avanti, la regina Elisabetta smetterà di appoggiare le incursioni di Drake in seguito a una tregua col re Filippo II di Spagna. Drake si vede costretto a smettere, ma un elemento valido come lui è raramente lasciato da parte...

Francis Drake circumnaviga il globo
Nel 1577 Drake ricevette dalla regina Elisabetta il compito d'intraprendere una spedizione contro la Spagna lungo le coste americane del Pacifico. Egli fece vela da Plymouth, in Inghilterra, in dicembre, a bordo del Pelican, con quattro altre navi e più di 150 uomini. Dopo aver attraversato l'Atlantico, due delle navi dovettero essere abbandonate sulla costa orientale del Sud America. Le restanti tre navi partirono dirette allo stretto di Magellano, all'estremità meridionale del continente. Alcune settimane dopo esse riuscirono a entrare nel Pacifico, tuttavia violenti temporali distrussero una delle navi e costrinsero un'altra a ritornare in Inghilterra. Drake

continuò con la sua nave ammiraglia, ora rinominata Golden Hind (la Cerva Dorata) in onore a Sir Christopher Hatton (dal suo stemma araldico).
L'ultima nave restante veleggiò verso nord lungo le coste sul Pacifico del Sud America, attaccando porti spagnoli come Valparaìso durante il percorso. Catturò inoltre navi spagnole nel viaggio verso nord, facendo buon uso delle loro mappe, più accurate. Nella sua ricerca del passaggio a Nord Ovest, Drake potrebbe essere giunto fino all'odierno confine tra Stati Uniti e Canada. Non essendo in grado di trovare il fantomatico passaggio per rientrare nell'Atlantico, girò indietro e si diresse a sud.
Nel 1579 la Golden Hind entrò in una insenatura (la baia di Drake) a nord dell'odierna San Francisco per riparazioni. Sbarcò nel nord della California, o forse ancora più a nord, nell'Oregon o nel Pacific Northwest (il luogo esatto è ancora dibattuto tra gli storici) e dichiarò la terra, chiamandola "Nuova Albione", territorio della Corona Inglese. Le mappe realizzate poco dopo riportarono scritto "Nuova Albione" su tutta la frontiera a nord della Nuova Spagna.
Quando Drake rifece vela, si diresse a ovest attraverso il Pacifico e qualche mese dopo raggiunse le Molucche, un gruppo di isole nel sud ovest pacifico (a est dell'odierna Indonesia).
Fece numerose soste nel suo viaggio verso la punta dell'Africa, doppiando infine il Capo di Buona Speranza, e arrivò in Inghilterra nel settembre del 1580. Portò con sé un ricco carico di spezie e di tesori catturati agli spagnoli e fu salutato come il primo inglese a circumnavigare la Terra. Il 4 aprile 1581 Drake fu nominato cavaliere dalla regina Elisabetta a bordo della Golden Hind e divenne sindaco di Plymouth e parlamentare.
Il carico di spezie e tesori catturati agli spagnoli dimostrarono sia la ricchezza che la vulnerabilità dell'Impero spagnolo. La regina ebbe diritto alla metà del carico e il valore di quella metà era superiore alle entrate della corona di un intero anno.
La regina ordinò che tutti i resoconti scritti del viaggio di Drake fossero tenuti segreti, ai suoi partecipanti fu fatto giurare il silenzio a prezzo della vita; il suo scopo era tenere le attività di Drake lontano dagli occhi della rivale Spagna.

Drake e l' "Invincibile Armada" spagnola
Nel 1585 scoppiò la guerra tra Spagna ed Inghilterra.
Drake fu vice-ammiraglio in capo della flotta inglese quando essi vinsero l'Armada Spagnola che stava cercando di invadere l'Inghilterra nel 1588. Mentre la flotta inglese inseguiva l'Armada lungo la Manica, Drake catturò il galeone spagnolo Rosario insieme all'ammiraglio Pedro de Vales e tutto il suo equipaggio, ma con ciò causando confusione nella flotta inglese durante lo svolgimento dell'azione. Nella notte del 29 luglio, Drake organizzò le navi incendiarie che costrinsero la maggior parte dei capitani spagnoli a rompere la formazione e a far vela attraverso il passo di Calais verso il mare aperto.

Dopo una vita di successi in mare, si assiste al tramonto del mito di Drake.
Egli successivamente intraprese una lunga e disastrosa campagna contro le colonie spagnole in America, subendo numerose e continue sconfitte, ultima delle quali l'attacco a Puerto Rico, durante il quale un colpo di cannone sparato dalla fortezza di San Felipe del Morro raggiunse il ponte della sua nave, ma Drake riuscì miracolosamente a sopravvivere.
A metà del gennaio 1596, morì di dissenteria a 56 anni mentre era ancorato nella baia di Portobello dove venne seppellito in mare, in una bara di piombo.
Uomo meno temibile ma di sicuro più saggio di Barbanera, è ancora oggi per alcuni aspetti vantop dell'Inghilterra e della Corona.

-*Capitano Falkenburg*

Stede Bonnet

Stede Bonnet (Barbados, 1688 –Charleston,10 dicembre 1718) è stato un pirata britannico.

Fu un capitano pirata della colonia inglese di Barbados. La sua carriera da pirata si distingue per tre fatti: 1) Completa mancanza di precedenti esperienze navigatorie; 2) La sua alleanza con il famoso e terribile pirata Edward Teach, detto Barbanera; 3) la violenta battaglia che ha portato alla sua cattura ed esecuzione.

Viene chiamato a volte "Maggiore Bonnet" per il suo grado nelle truppe coloniali delle Barbados. Altri lo chiamano "il pirata gentiluomo" perché, prima di dedicarsi alla pirateria, era un proprietario terriero moderatamente benestante. Morì impiccato il 10 dicembre 1718 all'età di soli 30 anni. Ma non per questo la sua vita non fu piena di eventi.

Non si sa cosa facesse effettivamente Bonnet prima di darsi al crimine, ma si sa che era definito un uomo colto, e che si sposò a Bridgetown con Mary Allamby il 21 novembre del 1709. Da questo matrimonio nacquero tre figli: Allamby, Edward e Stede. Il piccolo Allamby morì prima del 1715, ma gli altri due figli vissero per vedere lo sfacelo del padre, che iniziava la sua vita dedita al crimine. Mary Allamby rimase nelle Barbados nonostante la carriera pirata di suo marito. Circolano molte leggende su questa decisione del giovane Bonnet: secondo molti, sembra che quest'uomo avesse deciso di darsi alla pirateria per sfuggire alla bisbetica moglie...

Il suo grado di maggiore nelle truppe coloniali delle Barbados si riferiva forse al fatto di essere un modesto proprietario terriero più che un militare esperto, visto che sedare le rivolte degli schiavi nelle piantagioni era un compito importante dei soldati. Il periodo del suo servizio coincide con la Guerra di Successione Spagnola.

Stede Bonnet, il "famigerato" bucaniere

Come pirata, Bonnet era praticamente un dilettante. Invece di rubare o saccheggiare una nave, come farebbe un pirata che si rispetti, lui se ne comprò una che oltretutto era pure inadatta della pirateria. Questa nave piccola, ma veloce, fu comprata nella prima metà del 1717. Aveva dieci cannoni. Per non si sa quale ragione, lui la chiamò "Vendetta". Forse c'entra qualcosa sua moglie.
In più, Bonnet commise un'altra imprudenza: pagò l'equipaggio di tasca propria invece di dare loro un contratto da firmare per arruolarsi. Forse, pensava, l'equipaggio non lo avrebbe mai deposto e ciò gli avrebbe permesso di tenere sempre il comando. Mai pensiero fu più errato!
Reclutò i suoi uomini dalle taverne e dalle distillerie di Bridgetown e finì arruolando circa settanta marinai. un numero comunque troppo elevato e troppo dispendioso per la sua piccola "Vendetta".

Per molti giorni dopo il suo acquisto, la Vendetta rimase nel porto di Bridgetown. Una notte, Bonnet se ne andò senza lasciare traccia, senza dire una parola a sua moglie o ai suoi amici. Dopo aver navigato e compiuto un saccheggio a regola d'arte di tre vascelli,

Bonnet prese tesori fuori dalla costa delNew England, e alcuni nelle acque del nord. Qui diede prova, forse, di un talento piratesco, ancora però in fase di maturazione.
Ma quando fece ritorno al sud, i suoi problemi erano già all'inizio: la sua inesperienza in fatto di navigazione si faceva sentire e fece sì che l'equipaggio, che prima si era dimostrato cordiale e gentile, diventasse ostile e si rivoltasse contro di lui.

Durante le ostilità, Bonnet gettò l'ancora nella Baia di Honduras, facendo così un grande errore, l'ennesimo della sua carriera: qui, infatti, era ancorata la Queen Anne's Revenge, la nave del crudele Barbanera. I due divennero amici e decisero di navigare insieme.
Ma, come si può immaginare, un rapporto di amicizia fra pirati, soprattutto se uno è un dilettante e l'altro è un veterano dei sette mari, finisce col predominio di uno dei due sull'altro.

Il principiante e Barbanera, terrore dei mari
Quest'alleanza molto presto fu fatale per Bonnet: Barbanera scoprì la sua inesperienza come pirata e decise di passare alla guerra psicologica. Non ci sarebbe stato bisogno di sporcarsi le mani con uno come Bonnet: lo invitò a bordo della Queen Anne's Revenge, dove Bonnet diventò più un prigioniero che un ospite di riguardo. Barbanera cercò di convincerlo che un uomo della sua educazione e dai modi gentili come i suoi non era adatto per far mantenere la disciplina in una nave come la Vendetta, e di trasferirsi nell'alloggio più confortevole e adatto a lui nella Queen Anne's. Non ci fu niente che Bonnet disse o fece e presto uno degli uomini di Barbanera, un certo Richards, prese il comando della Vendetta, imponendo la disciplina nella nave e guadagnandoci in stima dell'equipaggio.

Bonnet convinse Barbanera a fargli riprendere il comando della Vendetta. Molto presto, i due si separarono e Bonnet lasciò la sua nave per la città di Bath e si consegnò al governatore del North Carolina, Charles Eden, come pirata pentito. Però questo gesto non fermò il desiderio di pirateria di Bonnet, che continuò a fare scorribande marine per vascelli fino alla sua cattura da parte del colonnello William Rhett nella battaglia di Cape Fear e portato a Charleston.

La fine di una non troppo brillante carriera
A Charleston, Bonnet fu separato dal resto dell'equipaggio e rimase solo col suo timoniere, Ignatius Pell, e il suo primo ufficiale David Herriott. Il 24 ottobre del 1718 Bonnet ed Herriott fuggirono, forse per un accordo con un mercante del posto, Richard Tookerman. Il governatore Johnson mise sulla testa di Bonnet una taglia di 700 sterline e diede l'ordine di sparare per uccidere.

Dopo varie ricerche, Bonnet fu localizzato. I soldati inglesi spararono ad Herriott, uccidendolo, e ferirono i servi di Tookerman. Quanto a Bonnet, si arrese e tornò a Charleston.

Stede Bonnet fu impiccato a White Point, Charleston, il 10 dicembre del 1718 all'età di 30 anni. Si dice che come ultimo desiderio espresse che il suo cadavere venisse nascosto per timore che la moglie Mary potesse vendicarsi su di esso per averla abbandonata.

Note e particolarità
Stede Bonnet fu una delle persone più inadatte a fare il pirata. Oltre agli errori e alle scelleratezze già riportate, c'è da dire che prima di essere impiccato disse "Vi prego,

tagliatemi gambe e braccia, leggerò le scritture, tesserò le lodi di Nostro Signore, ma vi prego...non impiccatemi!", senza però riscuotere compassione.
Queso implica che fu codardo in punto di morte, fatto inaccettabile per un pirata.
Ma quel che è peggio è che la sua carriera da pirata si basò praticamente sulla paura verso... la propria moglie!

-Capitano Falkenburg

FRANCOIS L'OLONNAIS

François l'Olonnais
Jean David Nau, meglio noto con il soprannome di François l'Olonnais, in italiano François l'Olonese, (Les Sables-d'Olonne, 1634 – Panama, 1671), è stato un pirata nonché criminale e bucaniere francese, lontano dalla legge. François l'Olonese è stato uno dei più noti bucanieri della storia.

Egli fu famoso non solo per via dei suoi successi, ma anche per la sua predilezione alla tortura ed uccisione delle sue vittime, che spesso faceva a pezzi personalmente con il suo coltellaccio, anche qualora avesse loro precedentemente promesso, in cambio della resa, la salvezza della vita. L'Olonnais torturava le sue vittime con macabra originalità: si dice che una volta squarciò il petto di un prigioniero spagnolo, ne estrasse il cuore e lo mangiò a morsi.

La sua impresa più famosa rimane senza dubbio il saccheggio delle città diMaracaibo e Gibraltar in Venezuela.

Favolosa impresa, degna del leggendario Sinbad il Marinaio.
Primi anni de l'Olonnais
Durante l'infanzia e l'adolescenza lavorò come servo presso un proprietario terriero sulle coste dell'isola di Martinica. Nel 1653 si trasferì sull'isola di Hispaniola. Qui si verificò un fatto nuovo: conobbe un gruppo di bucanieri, e, rimasto impressionato dai loro racconti, iniziò la sua carriera criminale, guadagnandosi l'ammirazione dei compagni e del governatore francese dell'isola di Tortuga, monsieur De La Place, che lo pose subito a capo di un piccolo legno, per combattere la flotta spagnola. La sua azione fu talmente efficace da meritarsi entro breve tempo l'appellativo di "Flagello delle navi spagnole".
Dopo questi successi iniziali, perse la nave durante una tempesta nei pressi dello Yucatan. Con essa andò a fondo anche l'ingente tesoro fino ad allora accumulato, ma la fama resta. Tornato a Tortuga, ottenne dal governatore dell'isola una nuova nave. Si diresse lungo le coste di Campeche dove subì però un inaspettato rovescio: quasi tutto l'equipaggio venne catturato o ucciso dagli spagnoli, ma, grazie ad un astuto stratagemma, riuscì a salvarsi e fuggì rubando una nave nemica. Nei giorni successivi, al largo delle coste cubane, con due sole canoe ed appena 25 uomini di equipaggio, catturò un vascello spagnolo con 90 marinai a bordo; di questi solo uno ebbe salva la vita: l'Olonese lo spedì al governatore spagnolo all'Avana con il messaggio che avrebbe dedicato la sua vita alla pirateria e che non si sarebbe mai fatto catturare vivo.

Astuti stratagemmi e un'improbabile vittoria, uno scontro impari vinto con schiacciante maestria: l'Olonnais era un principe dei pirati. Il suo atto più grande di ribalderia, però, è forse la lettera inviata al governatore dell'Avana, un chiaro monito affinché lo seguissero, lo raggiungessero, e lui potesse dimostrare di nuovo tutta la sua abilità.

Nel 1666 tornò all'isola Tortuga, dove, assieme ad un altro bucaniere, Michele il Basco, costituì una piccola armata composta da 8 navi e 650 uomini.
In breve tempo i due compirono incredibili imprese piratesche, eleggendo a loro territorio di caccia il golfo del Venezuela: la più nota fu senza dubbio la cattura del porto di Maracaibo dove, dopo aver commesso saccheggi e atrocità di ogni tipo, si fecero versare un'enorme quantità di tesori (oro, gioielli, verghe d'argento, tessuti preziosi) dal governatore locale, come riscatto. Proseguì la sua impresa con la città vicina di Gibraltar sulla costa sud del Lago di Maracaibo. Nonostante il pagamento di 20.000 pesos e di 500 mucche decise di saccheggiare ugualmente la città ottenendo così 260.000 pesetas, gemme, seta e schiavi.

Infido e scaltro, un vero bucaniere.
Dopo due anni di simili scorribande aveva accumulato un immenso tesoro: lo sperperò in breve tempo dopo aver concluso il sodalizio con Il Basco. Partì nuovamente in cerca di fortuna e ricchezze, deciso a catturare Granada.

Dopo aver depredato alcune navi a sud di Cubacercò di catturare il porto di Capo Gracias-a-Dios, senza fortuna. Si diresse così verso le coste dell'Honduras dove catturò un numero imprecisato di navi e saccheggiò alcuni villaggi costieri.

Morte di un mito
Nel 1670, l'Olonnais tentò di conquistare Città del Guatemala ma il progetto fallì. Venne sorpreso da una tempesta che fracassò sugli scogli di Pearl-Key l'unica nave rimasta; con i resti costruì una zattera e risalì il fiume San Juan dove però si scontrò con le tribù indigene e il suo equipaggio venne definitivamente sconfitto.

L'Olonese morì sulle coste del golfo di Uraba, dove venne catturato da un gruppo di cannibali che mangiò lui e i pochi uomini rimastigli fedeli.

Nonostante François sia stato divorato, il suo ricordo e le sue imprese sono tutt'oggi ricordate.
Ahrrr!

-Capitano Falkenburg

* * *

MA NON SOLO UOMINI!

ECCO LA STORIA, CON I NOMI E LE BIOGRAFIE
DELLE PIU' GRANDI DONNE PIRATA DELLA STORIA

Siamo portati a pensare che la pirateria sia uno di quei lavori rudi riservato in esclusiva agli uomini, che non esistono donne pirata o che, se sono esistite, nessuno le ha mai riconosciute sotto le mentite spoglie dietro cui si nascondevano: capelli corti e vestiti da maschi. La storia però ci riporta una

verità diversa, perché nell'arco dei secoli sono tante le piratesse che hanno solcato i mari in lungo e in largo sotto la bandiera nera. Andiamo a scoprire le donne pirata più famose della storia, avventuriere che hanno scelto di apparire come uomini, di comandarne altri, di combattere e uccidere, di bere e anche bestemmiare come perfetti bucanieri.

PREMESSA

Esattamente come gli affari, le arti e la politica, anche la pirateria nel diciottesimo secolo era un lavoro riservato agli uomini.
Se volevano intraprendere la carriera piratesca, le donne dovevano necessariamente travestirsi da uomini e come tali comportarsi: combattere, bere e bestemmiare.
D'altronde le donne sulle navi sarebbero state fonte di litigi tra i marinai, quindi non restava altra scelta...

Una delle prime donne pirata fu Alvida, *una vichinga che, per fuggire dallo spasimante Alf, figlio del re di Danimarca, comandò una nave con un equipaggio formato da giovani donne pirata, razziando in lungo e in largo le coste del Mar Baltico.*

Grace O'Malley, irlandese nata nel 1530 *, quando a vent'anni rimase vedova del primo marito prese il comando della flotta paterna, attaccando i porti irlandesi controllati da altri clan o dai governatori inglesi. E' tuttora ricordata in Irlanda come un'eroina della lotta contro la dominazione inglese.*

La piratessa più stupefacente della storia è senza dubbio Cheng I Sao "la moglie di Cheng I", *una Cantonese che alla morte del marito pirata, agli inizi del 1800, assunse il comando di una flotta che divenne il terrore del Mar Cinese meridionale: 200 giunche oceaniche, ognuna con venti-trenta cannoni e circa 400 uomini, 700 imbarcazioni costiere da 12 - 20 cannoni ed equipaggi fino a 200 pirati, più decine di giunche fluviali con alcune decine di uomini. Sconfisse più volte le autorità cinesi che tentavano con ogni mezzo di stroncare le sue scorribande: alla fine del 1808, la marina Imperiale aveva perso sessantatre navi.*
Fu necessario l'intervento di navi da guerra inglesi e portoghesi per "calmare" la signora Cheng I Sao ed aprire con lei delle trattative: l'amnistia in cambio della consegna delle navi e delle armi, consentendo ai pirati di conservare il bottino.
La signora si ritirò a Canton, dove morì a sessantanove anni.
Era stata per tre anni alla guida della più grande comunità di pirati della storia.

Le due donne pirata più famose furono invece Anne Bonny e Mary Read.
Anne, nata in Irlanda verso la fine del 1600, viene descritta come un "ragazzaccio" tredicenne con i capelli corti rossi, il viso sporco e i capelli perennemente a brandelli. Dotata di carattere fiero e coraggioso, prima ancora di abbandonare la vita borghese cui sembrava destinata, aveva mostrato al mondo ciò di cui era capace: in occasione di un tentativo di violenza carnale da parte di un giovane, reagì rendendolo inabile per un tempo considerevole.
Si diceva che avesse ucciso la propria cameriera con un coltello da cucina, ma se questa può essere solo una diceria, vera fu la rissa in cui, a 18 anni, respinse a sediate un pretendente troppo insistente.
Protagonista di svariate vicende sentimentali che la videro al fianco di parecchi pirati famosi dell'epoca, Anne organizzò la sua prima azione di pirateria con il suo migliore amico Pierre Bosket, un pirata omosessuale che gestiva un negozio di abiti da lui

disegnati e di acconciature. Insieme rubarono un'imbarcazione per assaltare la nave di un mercante francese.

Abile nel tiro con la pistola e nell'uso dello stocco, Anne fu subito considerata pericolosa e coraggiosa al pari di ogni altro uomo della ciurma. Sulla nave sparò ad un marinaio di cui non gradiva le attenzioni, e divenne presto comandante in seconda di Calico Jack.

Nel corso di un abbordaggio, Anne Bonny incontrò un giorno Mary Read. Le due donne pirate divennero subito molto amiche. Mary Read inizialmente si finse un uomo, "Mark" Read, e siccome le due donne dividevano la stanza, fu considerato come nuovo amante di Anne, il che provocò l'ira e la gelosia di Calico Jack. Che fece irruzione nella cabina con lo scopo di tagliare la gola all'intruso e scoprì Mary, seminuda, a letto con Anne. Fu così che gli altri componenti della ciurma scoprirono il vero sesso di Mary Read.

Anne, Mary e Calico presero il comando di una seconda nave e le loro azioni di pirateria furono innumerevoli, fino alla cattura. Il processo delle due donne si tenne il 28 novembre del 1720, a St. Jago de la Vega, in Giamaica. Mary ed Anne, come il resto dei pirati, furono condannate all'impiccagione ma poiché entrambe dichiararono di essere incinte la loro esecuzione venne rinviata. All'epoca occorreva per legge attendere che una donna incinta condannata a morte partorisse: si capisce quindi perché le due pirate sostenessero di essere incinte, ma nessuna delle due mise al mondo un bambino.

Mary morì di febbre in carcere, mentre di Anne non ci sono notizie attendibili né di un suo rilascio né di una sua esecuzione.

Le sue tracce si perdono nelle speculazioni di alcuni e nelle supposizioni di altri; ciò che è certo è che la sua figura, debitamente edulcorata e strettamente "eterosessualizzata" divenne un personaggio popolare della letteratura inglese per l'infanzia dei secoli successivi.

	Periodo di tempo	Posizione
Regina Teuta	232 aC al 228 aC	Mare Adriatico
Sela	420 dC	
Hetha circa	704 dC	Nordic Sea
Wigbiorg circa	704 dC	Nordic Sea
Wisna circa 704 dC	Nordic Sea	
Alvilda	tempo effettivo sconosciuto:	Anywhere
		dal 5 – 12 ° secolo
	Svezia	
Ladgerda	870 dC	
Jane de Belleville	metà del 1300	Francia/Inghilterra
Grace O'Malley	Il Grande Mare dei Pirati" 1500	Atlantico: Irlanda
Lady Mary Killigrew	1530-1570	Atlantico:
		Gran Bretagna
Elisabetta Shirland	fine del 1500	Inghilterra
Mrs. Peter Lambert	fine del 1500	Aldeburgh, Suffolk
Elizabetha Patrickson	1634	
Charlotte de Berry	1640	Inghilterra
Maria Lindsey		
Cobham	18 ° secolo	Inghilterra,America,Francia
Anne Bonny	1720	Caraibico

Mary Read	1720	Caraibico
Maria Harley (o Harvey) alias Maria Farlee	1726	Americhe
Maria Crickett (o Crichett)	1728/1729	colonia della Virginia
Rachel parete (Scmidt)	1780	Boston/Massachusetts
Anonimo comandante corsaro francese femminile di Los Angeles		
BAUGOURT	1805	Francia
Catherine Hagerty	1806	Australia, Nuova Zelanda
Margaret Jordan	1809	Canada
Madame Ching	Del 1800	Mar Cinese Meridionale
Mary Lovell	19 ° secolo	Pacifico/acque asiatiche
Polvere da sparo Gertie	1800 defunto	Canada
Honcho Lo e Wong	1921	Porcellana
Lai Sho Sz'en (Lai Choi San)	1922-1939	Mar Cinese Meridionale
P'en Ch'ih Ch'iko	1936	
Huang P'ei-mei	1937 – 1950	

fonte web: http://filmatidimare.altervista.org/donne-pirata-storia-pirateria-al-femminile/

ALVILDA

Alvilda è **una delle prime donne pirata ad aver comandato una nave una vichinga**. *Lei era originaria della Svezia meridionale. Per fuggire al matrimonio combinato con Alf, figlio del re di Danimarca, comandò una nave con un equipaggio formato da giovani donne pirata sole che non volevano sposarsi, razziando in lungo e in largo le coste del Mar Baltico. Quando Alf decise di attaccare la nave pirata di Alvilda, la lotta fu dura. Ne seguì una battaglia in cui morì quasi tutto l'equipaggio di Alvida. Quando fu catturata dal principe, venne riconosciuta, lui le propose il matrimonio. Lei accettò, uscì dalla pirateria e divenne regina di Danimarca.*

JANE DE BELLEVILLE

La nobildonna francese si rivoltò contro il suo paese quando il suo amato marito fu decapitato dai francesi come una spia. Con la vendetta nel cuore, Jane de Belleville si schierò con gli inglesi nel 1345 nell'invasione della Bretagna. Acquistò e preparò tre navi con i soldi derivanti dalla vendita dei suoi beni. Si dice che fosse spietata sia in mare che a terra, e nessuna nave, né città, vicino alla costa della Normandia era al sicuro dalla sua ira. Con una torcia fiammeggiante in una mano e una spada nell'altra, deve essere stata uno spettacolo terribile a vedersi. Bruciò interi villaggi radendoli al suolo.

GRACE O' MALLEY

Grace O'Malley, rivoluzionaria irlandese nata nel 1530, famosa anche come la regina del Mare di Connemara, quando a vent'anni rimase vedova del primo marito prese il comando della flotta paterna, attaccando i porti irlandesi controllati da altri clan o dai governatori inglesi. Gli O'Malley avevano il controllo di buona parte della regione ora nota come Baronato di Murrisk, nel sud ovest della Contea di Mayo. E' tuttora ricordata in Irlanda come un'eroina della lotta contro la dominazione inglese.

MARY READ

Prima di intraprendere la carriera di pirata, la madre di Mary Read (1690-1720) aveva scelto per lei una vita da uomo, travestendola con abiti maschili dopo la morte di un figlio e del marito, le permise anche di combattere nelle file della Marina Inglese. Dopo un abbordaggio sulla sua nave Mary Read abbracciò la vita dei pirati dei Caraibi combattendo con coraggio ed impeto sulla nave di Calico Jack Rackham e ottenendo il rispetto degli altri pirati della nave. Le vicende di Mary Read si concludono nel 1720, quando la nave, su cui si trovava, venne catturata da una nave militare. Durante l'assalto, si distinse nuovamente per l'impeto, arrivando a sparare su alcuni dei suoi, da lei accusati di codardia.

ANNE BONNY

Protagonista di svariate vicende sentimentali che la videro al fianco di parecchi pirati famosi dell'epoca, Anne Bonny organizzò la sua prima azione di pirateria con il suo migliore amico Pierre Bosket, un pirata omosessuale che gestiva un negozio di abiti da lui disegnati e di acconciature. Insieme rubarono un'imbarcazione per assaltare la nave di un mercante francese. Anne viene descritta come un 'ragazzaccio' con i capelli sempre arruffati. Dopo aver incontrato il pirata Jack Rackham, abbandonò il marito marinaio per seguirlo, travestendosi con abiti maschili. Dotata di carattere fiero e coraggioso, Anne fu subito considerata pericolosa e coraggiosa al pari di ogni altro uomo della ciurma. Si dice fosse diventata l'amante di Mary Read, dopo che anche lei vestita da uomo, si unì alla nave di Calico Jack Rackham, che era geloso dell'amicizia delle due.

CHING SHIH

Nata probabilmente nel 1775 Ching Shih fece la prostituta nella città portuale di Canton finché nel 1801 di lei si innamorò Cheng Yi, temutissimo pirata cinese con cui si sposò. Alla sua morte, agli inizi del 1800, assunse il comando di una flotta che divenne il terrore del Mar Cinese meridionale: 200 giunche oceaniche, ognuna con venti-trenta cannoni e circa 400 uomini, 700 imbarcazioni costiere da 12-20 cannoni ed equipaggi fino a 200 pirati, più decine di giunche fluviali con alcune decine di uomini. In pochi mesi la Signora di Canton o Cheng Yi Sao, come era conosciuta, riuscì a riunire quasi tutti i pirati cinesi sotto il suo comando creando una flotta di 60.000 uomini. Sconfisse più volte le autorità cinesi che tentavano con ogni mezzo di stroncare le sue scorribande: alla fine del 1808, la marina Imperiale aveva perso 63 navi. Fu necessario l'intervento di navi da guerra inglesi e portoghesi per calmare la signora ed aprire con lei delle trattative: l'amnistia in cambio della consegna delle navi e delle armi, consentendo ai pirati di conservare il bottino.

GERTRUDE IMOGENE STUBBS

Si dice che Gertrude Imogene Stubbs sia nata nel 1879, a Whitby, città portuale sulla costa orientale della Gran Bretagna. Spirito selvaggio, dopo aver tagliato i capelli corti, si travestì da giovane e fu assunto come carbonaio sui vaporetti. Dopo un incidente fu scoperta, le fu impedito di mettere piede sull'imbarcazione, e lei giurò vendetta. Così nacque polvere da sparo Gertie, la mitica piratessa chiamata anche "strega". Sempre la leggenda dice che a porre fine al dominio di Gertrude fu un suo stesso uomo della ciurma, non soddisfatto del bottino, che la tradì e la consegnò alla polizia con un inganno. Ancora oggi i suoi tesori non sono stati trovati, e si pensa siano nascosti e tracciati in una misteriosa mappa.

CHARLOTTE DE BERRY

Nata in Inghilterra nel 1636, Charlotte de Berry crebbe con il sogno di andare per mare vestita da uomo, e seguì il marito in marina, più tardi, costretta ad imbarcarsi su un vascello diretto in Africa, capeggiò un ammutinamento contro un brutale capitano che l'aveva aggredita; gli taglio la testa con un pugnale affilato, e s'impadronì della nave, sotto il suo comando, l'equipaggio si diede alla pirateria catturando navi cariche d'oro lungo le coste dell'Africa.

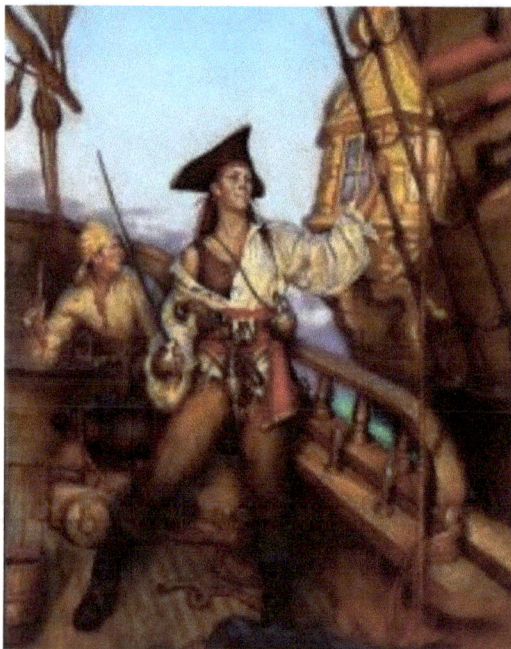

LADY MARY KILLINGREW DI CORNOVAGLIA

Era la moglie di Sir John Killigrew durante il 16 ° secolo. Maria era una 'signora' sotto la regina Elisabetta I tra il 1560-1582. Ma Lady Killigrew si inimicò la regina quando decise di dare l'assalto a una nave tedesca ormeggiata nel porto di Falmouth dopo una tempesta. Lady Killigrew era a capo del gruppo di uomini che uccise l'intero equipaggio e rubò il ricco carico che comprendeva gioielli, argento e valuta. La Regina condannò Mary a una lunga pena detentiva, ma i suoi compari furono invece fatti salire sulla forca.

MARIA LINDSEY

E' nata a Plymouth, in Inghilterra nel 18° secolo. Era la moglie del capitano e spietato pirata Eric Cobham. Quando si incontrarono, lui le spiegò la sua professione, con tutti i dettagli scabrosi, e lei ne rimase incantata. Si sposarono il giorno successivo. Lasciò la sua città natale e si unì alla sua ciurma di pirati, salparono verso l'America dove raccolsero la maggior parte della loro ricchezza. Dopo 20 anni di saccheggi e omicidi si stabilirono in Francia e ad Eric Cobham fu chiesto di prendere il posto del magistrato locale. Maria Lindsey non accetto mai questa "normalizzazione" e si gettò in mare suicidandosi. Il suo corpo tornò a riva due giorni dopo.

RACHEL WALL

Rachel Schmidt nacque nel 1760 a Carlisle, Pennsylvania. Divenne la moglie di George Wall, che con alcuni amici che si occupavano di pirateria decise di formare una ciurma. Rachel si unì a loro saccheggiando le navi fino al 1782, quando una tempesta distrusse il loro peschereccio. Rachel fu salvata e portata a Boston dove tornò al suo vecchio lavoro come cameriera. Così abituata alla rapina, continuò a rubare ai marittimi mentre dormivano sulle loro navi. Arrestata e condannata per rapina, confessò i suoi crimini di pirateria e furto ma si dichiarò innocente per quanto riguarda gli omicidi. Questo non influenzò il giudice, Rachel fu impiccata l'8 ottobre 1789.

REGINA TEUTA

La regina degli Illiri prese il potere nell'attuale Albania dopo che il marito Agrone morì. Il fatto di essere donna in una società tipicamente patriarcale limitava l'effettivo potere della regina Teuta, inoltre la povertà del territorio e la poca terra coltivabile avevano in pratica reso necessario agli Illìri, per la loro stessa sopravvivenza, l'esercizio continuativo della pirateria. Danneggiavano continuamente coloro che navigavano dall'Italia e facevano spedizioni e saccheggi sulle coste della Grecia. Ma l'idea di sviluppo di un nuovo regno naufragò con l'arrivo dei Romani. Polibio presenta Teuta come una donna scostante che riceve gli ambasciatori romani con fare 'arrogante e superbo.

fonte web: http://www.qnm.it/donne/le-12-donne-pirata-piu-famose-della-storia-post-173839.html

Ecco infine le donne pirata del XX secolo

Lo Hon-cho alias Hon-cho Lo
1920   Est della Cina
Prese il comando di 64 navi, dopo la morte del marito nel 1921. Giovane e segnalato per essere bella, ha guadagnato la reputazione di essere il più spietato di tutti i pirati della Cina. Lo flotta Hon-cho ha attaccato i villaggi e le flotte da pesca nei mari intorno Beihai prendendo le giovani donne come prigionieri e poi li vendono come schiavi. Nel 1922 una nave da guerra cinese intercettato la flotta distruggendo 40 navi. Nonostante la fuga, Lo Hon-cho è stato successivamente consegnato alle autorità dai pirati rimasti in cambio di clemenza.

Lai Sho Sz'en alias Lai Choi San
1922-1939   Est della Cina
Operato nel Mar Cinese Meridionale.
Ordinato 12 navi.

P'en Ch'ih Ch'iko
1936   Est della Cina

Ki Ming
Huang P'ei-mei
<u>1937-1950</u>   <u>Est della Cina</u>
Led 50.000 pirati.

Cheng Chui Ping(Soprannominato " Suor Ping ")
<u>1970 – 1990   Provincia del Fujian, Cina.</u>
Operato nella Cina meridionale migliaia contrabbando mare di immigrati cinesi negli Stati Uniti e in Europa.
È stato condannato negli Stati Uniti e condannato a 35 anni di carcere e uscirà nel 2030.

* * *

MITI E LEGGENDE

Davy Jones
Nelle leggende dei marinai, Davy Jones è un essere immaginario, un diavolo del mare, associato alla morte per annegamento negli abissi marini. Ci si riferisce al suo nome soprattutto attraverso l'espressione Davy Jones' locker, "lo scrigno di Davy Jones", un eufemismo per "il fondo del mare", inteso come luogo in cui riposano i marinai annegati.

Fonti letterarie
Le origini del nome non sono note. Si ritiene che il primo riferimento letterario a questo personaggio si trovi nel romanzo The Four Years Voyages of Captain George Roberts di Daniel Defoe, che usa la frase "having the rest into Davy Jones' locker, i.e. the sea" ("riposarsi nello scrigno di Davy Jones, cioè nel mare"). In The Adventures of Peregrine Pickle (1751), Tobias Smollett descrive l'uso del nome di Jones presso i marinai della sua epoca:

«Questo stesso Davy Jones, secondo i marinai, è il demone che presiede su tutti gli spiriti maligni delle profondità, e appare in numerose forme, appollaiato sulle navi alla vigilia di uragani, naufragi e altri disastri a cui la vita del mare è esposta, avvertendo i devoti sventurati della morte e del disastro che si avvicinano.»

Smollett descrive Jones come una creatura mostruosa, con occhi a disco, tre file di denti, corna, coda, e fumo azzurro che gli esce dalle narici. Anche Washington Irving cita Davy Jones in Adventures of the Black Fisherman (1824).

Teorie sul mito
Sono state avanzate molte diverse teorie circa le origini di questo mito. Un pirata di nome David Jones esistette realmente negli anni 1630, ed era attivo nell'Oceano Indiano, ma la maggior parte degli studiosi ritiene improbabile che fosse così famoso da dare vita a una leggenda diffusa in gran parte del mondo. Un gestore di pub inglese con questo nome viene citato nella canzone Jones's Ale is Newe (1594) e potrebbe essere associato alla leggenda di un gestore di pub che imprigionava i marinai ubriachi e poi li vendeva alle navi di passaggio. Correlato potrebbe essere anche Duffer Jones, un leggendario marinaio miope che spesso si trovava a cadere fuori bordo.

Il mito di Davy Jones è tornato in auge ultimamente grazie ai Pirati dei Caraibi, film recente, ma con qualche modifica: Davy Jones NON è e NON sarà mai il capitano dell'Olandese Volante; Davy Jones NON è una creatura corporea ma un demone del mare, e tutta la leggenda creata dal film è pertanto falsa.

IL KRAKEN

Spiegazione del mito del Kraken

Il Kraken è un mostro marino leggendario; il suo mito ha origini molto antiche, ma si è sviluppato soprattutto fra il Settecento e l'Ottocento, forse anche sulla base dei resoconti di reali avvistamenti di calamari giganti. Viene generalmente rappresentato come una gigantesca piovra, con tentacoli abbastanza grandi da avvolgere un'intera nave.

Origine del nome

In norvegese, krake indica un animale malsano o aberrante (in analogia alle forme inglesi crank e crook). In tedesco, krake significa piovra.

Mitologia norrena

Sebbene il nome kraken non appaia mai nei testi della mitologia nordica, le sue caratteristiche possono ricondursi a quelle dell'hafgufa, descritto nella Saga di Örvar-Odds e nel Konungs skuggsjá (1250). In questi testi si parla dell'hafgufa come di un mostro marino talmente grande da poter essere scambiato per un'isola quando si trovava in superficie. Questo tema (il mostro che sembra un'isola) è uno degli elementi ricorrenti principali nella tradizione sul Kraken, che si sviluppò principalmente nel Settecento. Questo tema ha avuto anche sviluppi diversi, e in particolare accomuna il Kraken con lo Zaratan, la balena-isola del mito di San Brenduno.

Alcuni elementi della tradizione relativa al Kraken (le bolle e gli spruzzi d'acqua dalle sue narici, le forti correnti e le violente onde provocate dai suoi spostamenti, il suo emergere come un'isola) fanno supporre ad alcuni studiosi che la versione originale del mito nordico possa essere correlata all'attività vulcanica sottomarina in Islanda.

«Il kraken, anche detto pesce-granchio, che non è (a quanto dicono i piloti norvegesi) così grande, non è più grande della larghezza della nostra Öland [ovvero meno di 16 km] ... Se ne sta sul fondo del mare, sempre circondato da molti piccoli pesci che gli servono come cibo e ricevono cibo da esso; perché il suo pasto, se ricordo bene ciò che scrive Pontoppidan, dura non meno di tre mesi, e altri tre servono per la digestione. In seguito, i suoi escrementi nutrono un esercito di pesci più piccoli, e per questo motivo i pescatori gettano i piombi dove esso giace ... Gradualmente, il kraken sale alla superficie, e quando si trova a dodici o dieci braccia è bene che le barche si allontanino, perché di lì a poco esso emerge come un'isola, spruzzando acqua dalle sue terribili narici e creando anelli di onde attorno a sé, fino a distanze di molte miglia. Si può forse dubitare che questo sia proprio il Leviatano del Libro di Giobbe? »
L'idea che i pescatori si arrischiassero a pescare sopra il kraken è menzionata da Pontoppidan (vescovo danese di Bergen); pare che i pescatori norvegesi, per complimentarsi per una pesca particolarmente abbondante, fossero soliti dire: "devi aver pescato sul kraken".

Nel tardo Settecento iniziò a svilupparsi il mito del kraken come creatura aggressiva. Alcune varianti del mito prevedevano che il kraken affondasse le navi degli uomini corrotti (per esempio dei pirati), risparmiando quelle dei giusti. Sempre in questo periodo l'immagine del kraken venne a coincidere in modo sempre più netto con quella di una piovra gigante, perdendo altre caratterizzazioni menzionate da alcune fonti più antiche (come la forma di granchio o certi altri elementi che potevano accomunare il kraken alle balene). Secondo alcuni studiosi, questa evoluzione del mito potrebbe essere legata agli avvistamenti di reali calamari giganti.

-Capitano Falkenburg

Il Kraken che emerge dall'acqua
fonte: https://commons.wikimedia.org/wiki/File:20000_squid_holding_sailor.jpg

IL LEVIATANO

Il Leviatano
"Leviatano" è il nome di una creatura biblica. Si tratta di un terribile mostro marino dalla leggendaria forza presentato nell'Antico Testamento. Tale essere viene considerato come nato dal volere di Dio.

Le citazioni più importanti le possiamo trovare nei seguenti passi:

"Ecco là il mare grande, vasto, immenso... e il mostro che Tu hai creato per scherzar con esso."
(Salmi, 103,25-26)

"In quel giorno, con la spada dura, grande e forte, Il Signore, visiterà Leviathan, il serpente tortuoso, e ucciderà il mostro che è nel mare."(Isaìa, 27,1)

"Dio si vanta di aver generato questo mostro marino, simbolo della potenza del Creatore" (Giobbe, 40,20-28)

La figura del mostro portò il filosofo inglese Thomas Hobbes a paragonare la sua forza con il potere assoluto dello Stato. Infatti nel suo celebre trattato di filosofia politica omonimo egli paragona il potere dello Stato alla devastante forza della creatura del mare, necessaria al mantenimento della pace e dell'ordine.

Herman Melville nel celebre romanzo Moby Dick (o The Whale - la balena - 1851) cita più e più volte la figura del Leviatano incarnandola nel capodoglio, animale che secondo lui, per le sue immense proporzioni e la sua spaventosa potenza, più rappresenta questa figura mitologica. In ebraico moderno, la parola Leviatano significa infatti "balena".

Dal punto di vista allegorico, il Leviatano rappresenta spesso il caos primordiale, la potenza priva di controllo, benché biblicamente sia più spesso espressione della volontà divina e "simbolo della potenza del Creatore".

Dal libro di Giobbe, Bibbia

Eccolo, la tua speranza è fallita,
al solo vederlo uno stramazza.
Nessuno è tanto audace da osare eccitarlo
e chi mai potrà star saldo di fronte a lui?
Chi mai lo ha assalito e si è salvato?
nessuno sotto tutto il cielo.
Non tacerò la forza delle sue membra:
in fatto di forza non ha pari:
Chi gli ha mai aperto sul davanti il manto di pelle
e nella sua doppia corazza chi può penetrare?
Le porte della sua bocca chi mai ha aperto?
Intorno ai suoi denti è il terrore!
Il suo dorso è a lamine di scudi, sudate con stretto suggello;
l'una con l'altra si toccano, sì che aria fra di esse non passa:
ognuna aderisce alla vicina,
sono compatte e non possono separarsi.
Il suo starnuto irradia luce
e i suoi occhi sono come le palpebre dell'aurora.
Dalla sua bocca partono vampate,
sprizzano scintille di fuoco.
Dalle sue narice esce fumo
come da caldaia che bolle sul fuoco.
il suo fiato incendia carboni
e dalla sua bocca gli escono fiamme.
nel suo collo risiede la forza
e   innanzi   a   lui   corre   la   paura.
Le giogaie della sua carne son ben compatte, sono ben salde su di lui, non si muovono.
Il suo cuore è duro come pietra, duro come la pietra inferiore della macina.
Quando si alza, si spaventano i forti e per il terrore restano smarriti.
La spada che lo raggiunge non vi si infigge, né lancia, né freccia né giavellotto;
stima il ferro come paglia, il bronzo come legno tarlato.
Non lo mette in fuga la freccia, in pula si cambian per lui le pietre della fionda.
Come stoppia stima una mazza e si fa beffe del vibrare dell'asta.
Al   disotto   ha   cocci   acuti   e   striscia   come   erpice   sul   molle   terreno.
Fa ribollire come pentola il gorgo,

fa del mare come un vaso da unguenti.
Dietro a sé produce una bianca scia
e l'abisso appare canuto.Nessuno sulla terra è pari a lui,
fatto per non aver paura.
Lo teme ogni essere più altero;
egli è il re su tutte le fiere più superbe.

-Capitan Jean Bart

Da ricordare

E' sbagliatissimo assimilare il Kraken col Leviatano: il Kraken è una creatura di mitologia nordica, il Leviatano ha origini bibliche. Uno è una piovra gigante, l'altro un serpente marino distruttivo.

Anche per i pirati, è difficile sapere quale delle due creature sia la più temibile, si tende ad avere paura e rispettare entrambi.

Ahrrr, marinai! Adesso siete più consapevoli dei rischi che correte!

L' OLANDESE VOLANTE

Olandese Volante *spiegato secondo il (Capitano Falkenburg)*
Secondo il folclore nord-europeo, l'olandese volante è una nave fantasma che solca i mari in eterno senza una meta precisa, e che un destino avverso impedisce di tornare a casa. Viene spesso avvistata da lontano, avvolta in una nebbia o emanante una luce spettrale. I marinai della nave sono fantasmi, che tentano a volte di comunicare con le persone sulla terraferma.

Secondo alcune fonti, il modello è il capitano olandese Bernard Fokke, che nel XVII secolo faceva spola tra l'Olanda e l'isola di Giava (in Indonesia) ad una velocità sorprendente, e per questo fu sospettato di aver fatto un patto con il diavolo.

*Il capitano è nominato **Falkenburg** nella versione olandese della storia, **VanDerDecken** nella versione di Marryat e **Ramhout van Dam** in quella di Irving. Non si sa se l'appellativo "**olandese volante**" si riferisca alla nave o al suo capitano.*

Varie versioni descrivono la causa di questo destino avverso. Secondo una di queste, il capitano avrebbe giurato, nel mezzo di una tempesta, di voler comunque superare il Capo di Buona Speranza, anche navigando in eterno, se necessario. Altre parlano di un crimine orribile commesso a bordo, o di marinai infettati dalla peste e quindi esclusi dall'attracco in qualsiasi porto; in entrambi i casi, il vascello è destinato a navigare in eterno. Un romanzo più recente "La vera storia dell'Olandese Volante" racconta invece della storia di un mozzo sopravvissuto alla maledizione dell'olandese. Mentre l'intero equipaggio viene condannato a vagare senza meta per l'eternità a causa delle bestemmie e della blasfemia del comandante per la rabbia di non riuscire a doppiare capo Horn durante una tempesta, il giovane ragazzo grazie alla sua purezza d'animo è destinato a vivere per l'eternità, rimanendo sempre giovane, aiutando le persone in difficoltà vagando per il mondo.
Secondo un'altra fonte[1], la nave sarebbe partita da Amsterdam nel 1729 (nel 1680 o nella prima metà del 1600 in altri testi) con a bordo un carico diretto a Giava per conto

dellacompagnia delle Indie. Il capitano, tal Vanderdecken, aveva la fama di esser temerario e risoluto al punto tale di non indietreggiare di fronte ad alcuna avversità.

Avvicinandosi al Capo di Buona Speranza una grande tempesta colpì la nave, altissime onde colpivano il vascello, con venti intensi e lampi accecanti. In sogno, Vanderdecken udì una voce che lo implorava d'invertire la rotta, ma l'avido capitano aveva imbarcato anche della merce di sua proprietà che contava di vendere lucrandoci un'ingente somma nelle Indie Olandesi.

Vanderdecken imprecò e invocò il Diavolo facendo con lui la promessa che se fosse riuscito a passare il Capo, avrebbe potuto prendere la sua anima nel giorno del giudizio. La nave si spezzò in due tronconi e fece naufragio.

L'intero equipaggio perì assieme al capitano, ma la morte rifiutò l'anima di Vanderdecken, che solo, si mise al timone del relitto del vascello. Alcuni testimoni giurano di aver visto lo spettro del capitano intento a giocare a dadi col diavolo in persona sul ponte del veliero.

Alternativamente, si narra che l'intero equipaggio venne rifiutato dalla morte: da quel momento in avanti, l'intero equipaggio dell'Olandese Volante fu condannato ad errare per i mari in eterno come nave fantasma.

La versione più comune narra che, in una notte di tempesta, il capitano dell'Olandese Volante commise un atto blasfemo insultando Dio e sfidandolo ad affondare la nave. Per questo sacrilegio, il Signore tramutò lui e tutto il suo equipaggio in fantasmi e lo condannò a navigare in eterno senza mai poter tornare a casa.

Nella versione di Marryat, solamente il figlio avrebbe potuto rompere l'incantesimo qualora fosse riuscito a salire a bordo del vascello portando al padre una reliquia da adorare, consistente in un frammento della croce di Cristo.

La nascita della leggenda di una nave fantasma che solca i mari potrebbe essere dovuta ad un fenomeno di illusione ottica. È possibile infatti che essa si riferisca alla riflessione dei raggi solari dovuta alla diversa temperatura dell'aria che, in prossimità del pelo d'acqua, è più fredda rispetto a quella sovrastante (la stessa cosa accade, ma all'inverso, nelle giornate estive su strade asfaltate o luoghi caldi e assolati): si tratta di un miraggio spesso citato anche con il nome di fata morgana. In queste condizioni un oggetto posto al di là dell'orizzontepuò comunque essere visibile, in quanto la riflessione dovuta all'inversione del gradiente termico fa incurvare verso il basso la traiettoria dei raggi luminosi provenienti da oltre l'orizzonte: in questo modo si vedrebbe infatti la nave fantasma, ossia il riflesso di una nave reale, posta al di là dell'orizzonte di osservazione.

ESPRESSIONI PIRATESCHE

Anticamente i pirati di tutto il mondo usavano un codice proprio, una specie di "seconda lingua" fatta di gesti e parole.

Oggi tutto questo è caduto in disuso, ma un vero pirata deve conoscere anche il passato di quelli venuti prima di lui!

Ecco qui le più famose e classiche, cioé l'armamentario di base:

-Ahrrrrr! (Usato al posto di "sì comandante!")
-Corpo di mille balene!
-Beh, per la barba di Achab!
-Per tutti i bucanieri!
-Per mille spingarde!

-Per la benda di barbanera!
-Yo ho ho!

Per poi passare a espressioni più elaborate e note a pochi:

-Ahoy! (Espressione di sorpresa)
-Avast! ("Sicuramente!")
-Ahoy ahrrr matey! (Forma composta, come molte altre in questo dialetto)
-Yahrrrrrr! (variante del classico "Ahrrr!")

E infine, i modi di dire composti in lingua straniera (essendo stata la maggior parte dei pirati di lingua inglese):

-Shiver me Timbers! ("Accidenti!")
-Belay! ("Fermo!")
-He's gone to Davy Jones' Locker! ("E' morto!")
-Fore! ("Avanti tutta!")
-Fire in the hole! (Avvertimento che sta come "Spara quel cannone!")
-No prey, no pay! ("Niente arrembaggio, niente pagamento!" Sta a significare uno dei maggiori stili di vita pirateschi, secondo il quale la ciurma non veniva pagata ma il bottino era condiviso fra tutto l'equipaggio)
-Dead men tell no tales. ("Gli uomini morti non raccontano storie", tipica scusa per non lasciare... sopravvissuti)
-Sea Legs! (L'abilità di qualcuno al timone, anche nei mari più tempestosi)
-Shark bait ("Amo per squali", gettare un membro fuori bordo per insubordinazione)
-Wench ("Ragazza")
-Ye! ("Tu!")

Ci sono moltissime altre espressioni nel mondo; queste sono le più importanti.
Alcune di esse sono state prese e traslate dal sito
http://piratesonline.wikia.com/wiki/Pirate_Speak_-_Expressions !

- dal blog del Capitano Falkenburg

CANZONI DI PIRATI

Binks No Sake (Moderna)

Questo motivetto non riguarda veri pirati, ma un cartone animato divenuto alquanto popolare, vale a dire One Piece. Il pezzo è cantato dal personaggio della serie Brooke, lo Scheletro Gentiluomo.

Binks no Sake

Yohohoho,yohoho,hoyohohoho,yohoho,hoyohohoho,yohoho,hoyohohoho,yohoho,ho

Andiamo a consegnare il sakè di binks seguendo il vento del mare.
Affidandoci al clima,affidandoci alle onde, al di là del mare,anche il

sole fa baldoria,gli uccelli cantano,disegnando cerchi nel cielo,

Addio porto,addio città natale,
cantiamo la canzone,la canzone della partenza con un DON,
sia le onde d'oro,che le onde d'argento,si trasformano in spruzzo,
noi andiamo fino al limite del mare,

Andiamo a consegnare il sakè di binks, noi pirati tagliamo il mare,
le onde in cuscini,la nave nel letto,
sia sul velo che sulla bandiera il teschio alziamo fendendo
è arrivata la tempesta nei celi di mille miglia,
le onde ballano suonate i tamburi,
il vento codardo,se ci soffia è la fine
non è che il sole domani non ci sarà,

Yohohoho,yohoho,hoyohohoho,yohoho,hoyohohoho,yohoho,hoyohohoho,yohoho,ho

Andiamo a consegnare il sakè di binks
oggi o domani il giorno di sera
con l'ombra che ti saluta,non incontrerai mai più
cosa ti tormenta, anche domani ci sarà la luna notturna

Andiamo a consegnare il sakè di binks
cantiamo la canzone,la canzone del mare con un DON,
tanto prima o poi chiunque sarà uno scheletro
senza fine,senza meta,quasi una barzelletta,

Yohohoho,yohoho,hoyohohoho,yohoho,hoyohohoho,yohoho,hoyohohoho,yohoho,ho.

DISCORSO DI ADDIO DEL CAPITANO KIDD

Discorso di addio del Capitano William Kidd
Sempre sarà ricordato il Capitano William Kidd per il suo "cantico" di addio.

"My name was Captain Kidd, when I sail'd, when I sail'd. And so wickedly I did. God laws I did forbit. When I sail'd, when I sail'd. I roam'd from sound to sound. And many a ship I found. And then I sunk or burn'd. When I sail'd. I murder'd William Moore. And latd him in his gore. Not many leagues from shore. When I sail'd. Farewell to young and old. All jolly seamen bold. You're welcome to my gold. For I must die, I must die. Farewell to Lunnon town. The pretty girls all round. No pardon can be found, and I must die, I must die. Farewell, for i must die. Then to eternity, in hiderous mistery. I must lie, I must lie".

-Capitano Falkenburg

YO OH OH E UNA BOTTIGLIA DI RUM!

Yo oh oh e una bottiglia di rum!
Che ci facevano "quindici uomini sulla cassa del morto e una bottiglia di rum"?

86

Milioni di lettori dell' Isola del tesoro di Louis Stevenson si sono posti la domanda sul significato della canzoncina dei pirati capeggiati dal cuoco dalla gamba di legno, Long John Silver. Ma ora uno studioso ed esploratore britannico, Quentin Van Marle, ha chiarito il mistero e ne ha fornito la spiegazione alla Royal Geographical Society di Londra che l' ha pubblicata sul suo periodico Geographical: Stevenson ha riprodotto fedelmente le parole di una canzone originale, realmente cantata tra i pirati nel 1700, nella quale si fa riferimento ad una vicenda accaduta a "Cassa di uomo morto" che e' un pezzetto di terra minuscolo e disabitato tra le Isole Vergini (Caraibi). Secondo una leggenda Edward Teach, uno dei pirati piu' famosi e temuti, punì un suo equipaggio che si era ammutinato abbandonandolo per 4 settimane sull' impervia isoletta.

Ad ognuno dei 30 uomini diede null' altro che una bottiglia di rum e spero' che morissero di fame o si uccidessero a vicenda.

Invece, quando tornò dopo un mese trovò che 15 di essi erano sopravvissuti. Così nacque la canzoncina.

Tratto da:

http://archiviostorico.corriere.it/1995/marzo/31/Svelato_mistero_dei_sulla_cassa_c o_0_95033113741.shtml

Fifteen men on a dead's man chest!

The mate was fixed by the bosun's pikc
The bosun brained with a marlinspike
And cookey's throat was marked belike
It had been gripped by fingers ten;
And there they lay, all good dead men
Like break o'day in a boozing ken
The skipper lay with his nob in gore
Where the scullion's axe his cheek had shore
And the scullion he was stabbed times four
And there they lay, and the soggy skies
Dripped down in up-staring eyes
In murk sunset and foul sunrise

Fifteen men on a dead man's chest
Yo ho ho and a bottle of rum!
Drink and the devil had done for the rest
Yo ho and a bottle of rum!
Fifteen men on whole ship's list
Yo ho ho and a bottle of rum!
Dead and be damned and the rest gone whist
Yo ho and a bottle of rum!

'Twas a cutlass swipe or an ounce of lead
Or a yawing hole in a battered head
And the scupper's glut with a rotting red
And there they lay, aye, damn my eyes
Looking up at paradise
All souls bound just contrawise
There was chest on chest of Spanish gold

With a ton of plate in the middle hold
And the cabins riot of stuff untold
And there they lay that took the plum
With sightless glare and their lips struck dumb
While we shared all by the rule of thumb

Fifteen men on a dead man's chest
Yo ho ho and a bottle of rum!
Drink and the devil had done for the rest
Yo ho and a bottle of rum!
Fifteen men on whole ship's list
Yo ho ho and a bottle of rum!
Dead and be damned and the rest gone whist
Yo ho and a bottle of rum!

'Twas a flimsy shift on a bunker cot
With a dirk slit sheer through the bosom spot
And the lace stiff dry in a purplish blot
Oh was she wench or some shudderin' maid
That dared the knife and took the blade
By God! she had stuff for a plucky jade
We wrapped 'em all in a mains'l tight
With twice ten turns of a hawser's bight
And we heaved 'em over and out of sight
With a Yo-Heave-Ho! And a fare-you-well
And a sudden plunge in the sullen swell
Full fathom deep on the road to hell!

Fifteen men on a dead man's chest
Yo ho ho and a bottle of rum!
Drink and the devil had done for the rest
Yo ho and a bottle of rum!
Fifteen men on whole ship's list
Yo ho ho and a bottle of rum!
Dead and be damned and the rest gone whist
Yo ho and a bottle of rum!

p.s:
immagini di copertina e foto trovate da varie ricerche su internet

youcanprint

Finito di stampare nel mese di Maggio 2017
per conto di Youcanprint *Self-Publishing*

Milton Keynes UK
Ingram Content Group UK Ltd.
UKHW050953190824
447134UK00013B/726